##NAME##

児玉雨子
Kodama
Ameko

河出書房新社

##NAME##

二〇〇六年　七月

ハウススタジオの二階にある一室で、美砂乃《みさの》ちゃんがニップレスシールを私に手渡しながら「てか台形の面積の公式知ってる？」と訊いてきた。ちょうど習ったばかりだったので、じょうていたすかていかけるたかさわるに、と暗唱すると、美砂乃ちゃんは「なんで知ってるの⁉」と少し離れた大きな目をぎょろっと剝いて驚いた。塾だよ、と答えながら私はニップレスシールのシートを剝がし、Ｔシャツの中で乳首の上に貼り付けた。

「みんな知らないと思ったのに」

「美砂乃ちゃんも塾行きはじめたの？」

「ううん。ファンレターにあった。でもぶっちゃけ何回見ても覚えられなかったから、逆にせつなにきかれたらちょっと、やばかった。さっきみたいにすらすら言えなかったと思う。すらすらどころか、もう忘れたかも。美砂乃、ばかだから」

美砂乃、ばかだから、は最近の美砂乃ちゃんの口癖だった。ペットボトルの蓋が固くて開けられない時もそう言っていて、それとばかは関係ないんじゃないかと訊くと、美砂乃ちゃんはそれにさえ「やめてやめて、むずかしいよ。美砂乃、ばかだから」と答えた。

「いや、でも、合ってるかわかんない、自信ない。塾の先生が発展問題だって言ってたから、私もまぁいっか、って適当に覚えちゃったし」

慌ててそう言い募ったのは美砂乃ちゃんに気を遣ったのではなく、本当に記憶違いなのかもしれなかったからだった。美砂乃ちゃんは自分をばかと自称し、そして私をひじょうに賢い人間だと見做しているようだったけれど、通っている中学受験専門塾で私は一番下のクラスにいたし、授業に追いつくので精一杯だった。私が唱えた呪文みたいなそれは、意味が脱落して、もはや呪文というより抜け殻と呼ぶべき音だった。答え合わせのない問いかけは初めてで、結局正しかったのかもわからないままその抜け殻は私と美砂乃ちゃんの足元に転がっていた。

着替える気になれずに膝の上に載せたスクール水着とベージュのインナーショー

ツを握りしめる。とは言っても、今日の水着は紺色の、学校で着るものとよく似ていて私は少しだけ安心していた。美砂乃ちゃんは話しながらするすると私服を脱ぎ、ビキニみたいな三角形のスポーツブラジャーを外した。視界の端にいる美砂乃ちゃんが全裸になったのかと思って、その体を見ないように咄嗟に俯いた。そうしていると、「早く着替えないと」と、美砂乃ちゃんは私の顔を覗き込んできた。美砂乃ちゃんはちゃんとベージュのインナーショーツを穿き、ニップレスシールを貼って、ひょろんと伸びる片脚を淡いピンクのレオタードに通していた。私たちは水着とレオタードに着替えると、さらにその上から半袖の制服衣装を着た。美砂乃ちゃんの分の白地にタイのないセーラー服は、私の第一志望中学の制服と少しだけデザインが似ていた。私はブラウスとスカートで、てかてかした赤いサテン地のリボンを襟の下につけた。

　ふたりで控室から一階に下りると、そら豆みたいな頭で、髪をスポーツ刈りにした恰幅のいい狭山《さやま》さんが「おっ。ちゃんと五分前集合じゃん」と目を細くして私たちを褒めた。狭山さんはいつも長袖のワイシャツにスラックスと揃えたジレを重ねていて、季節感は袖を捲っているかカフスをきっちり締めているかの違いしかなかった。ハウススタジオの中はエアコンがよく効いているものの、外が暑かったのか、袖を捲って何かしらの資料を入れたクリアファイルで首元を扇いでいた。

ハウススタジオの広い芝生のあるベランダには、ビニールプールが広げられていた。うちにあるような子供ふたりでいっぱいになる丸形のものではなくて、アメリカの広い家にありそうな、五人くらい入ってもまだ余裕のある大きな長方形のものだった。美砂乃ちゃんが「今日プールなんですか？」とはしゃぎながらベランダの方に駆け寄ると、後ろから「美砂乃、髪！」と、低い女性の声が飛んでくる。美砂乃ちゃんの細さともまた違った、骨盤がぐっと張った砂時計のような体つきのマミさんが、スーパーハードスプレーと持ち手の先が細く尖った櫛を持って美砂乃ちゃんの後を追って、私の横を通り過ぎていった。スタジオはどの部屋もヘアスプレーの臭いがした。

本来なら食卓を囲むことを想定して設計し造られたダイニングの壁には、誰かがポケットや鞄に入れていたのをそのまま使っているのだろうか、いくつも折り目がついてよれた香盤表《こうばんひょう》がセロハンテープで貼り付けてあった。昼間のレッスンシュートは私と美砂乃ちゃんのふたりで、十五時にりのちゃんとゆりちゃんがスタジオ入りして、メイクをしたあと十六時半からそのふたりの撮影が予定されているようだった。ベランダの方から「このまま美砂乃から始めちゃうから！」と、狭山さんの大きな声がした。私に言っているのかもしれなかったので、念のためはーいと返事をしながらダイニングを出て、リビングのソファに座ってベランダの向こうを見遣った。ベランダで、美砂乃ちゃんがよろしくお願いしますー、と言うと、それに追随して大人の声のよろしくお願いしますー、がまばらに重なった。

セーラー服を着たまま、美砂乃ちゃんは大きなビニールプールに足を浸けて次々とポーズをとる。それにともなって表情も変わってゆく。美砂乃ちゃんはポーズも表情も引き出しが多く、そのすべてを自在に操っているようだった。私は二パターン、多くて三パターンしか笑顔がなく、レッスンシュートや撮影会など、シャッターの音やストロボの光を浴びた日の帰りの電車の中で、毎回えくぼのあたりを痙攣させているのに。

美砂乃ちゃんはほとんど百八十度に近い角度まで右脚を蹴り上げて、カメラにかからないよう器用にプールの水飛沫を上げた。その隙に、スキンヘッドでずんぐりしたカメラマンがぐっと屈んで、美砂乃ちゃんを下から舐めるように撮影した。バレエや新体操を習っているわけでもないのに、美砂乃ちゃんの体はゴムのようにやわらかくて、ああやってほっそり伸びた白い脚を上げたり、開いたり、よく動く。そのたびに、ハーフツインテールに結び、アイロンで巻いてスーパーハードスプレーで固めた毛束がくるくるとリボンのように舞う。私は美砂乃ちゃんがそうやって自分の体を思うがまま使いこなしているようすを見るのが好きだった。どれも私にはできないことだったから。ただでさえ普段から上手に動かせないのに、カメラの前だといっそう、油が注《さ》されていないブリキのおもちゃのように、体じゅうの関節が軋む。レッスンだからいいけど、本番はそうはいかないよ。オーディションに受かったらね、もっといっぱい、こんなの比じゃないくらいいろーんな人が動くんだから、早く慣れようね。先月のレッスンシュートが終わった後の狭山さんの言葉が次々とよぎった。美砂乃ちゃんは自分の体だけじゃなくて、照明さん、マミさん、今日はいないけどマミさんの助手のひと、狭山さん、社長——自分よりうんと、倍どころじゃないほど年上の人々を、自分のために動かすのも上手だった。

じゃあそろそろいっちゃってみようか、とカメラマンがへらへら笑いながら言うと、美砂乃ちゃんはカメラの前でスカートのホックを外し、ファスナーを下ろした。

その瞬間も絶えずシャッター音が空気を切り刻むように鳴り響く。美砂乃ちゃんはスカートを濡らさないよう、開きっぱなしのリビングの掃き出し窓に放り投げる。床に落ちたスカートをマミさんが拾い上げて、どこからか用意していたハンガーにかけた。下半身はレオタードのまま、また美砂乃ちゃんはしばらくポーズをとった。そしてまた合図があると、セーラーをがばっと脱いで同じように掃き出し窓へ放り投げた。

レオタード一枚になった美砂乃ちゃんに、暑いねぇと笑いながら狭山さんがアイスキャンディを渡した。「やったー！」と美砂乃ちゃんはビニールプールを見つけた時よりも高い声を上げて、白いアイスキャンディに口をつけた。その間もシャッター音は鳴り止まなかった。

スタジオはいつも乾燥していた。ポーチから取り出した学校のプール用の目薬を注していると、マミさんがゆっくり歩いてきて、軽く目を瞑って、と言った。腰に提げた黒いメイクバッグから綿棒を取り出して、目薬で濡れたまぶたを拭った。

拭き取ってもらいながら「すみません」と呟いた。「動かないでいてくれればいいから」とマミさんは表情を変えずに口元だけでそう言った。

帰りの電車のドアの近くで、ポニーテールのゴムを解けない程度に引っ張ってゆるめる。こめかみや生え際のあたりが少しだけ楽になった。撮影の時は普段自分が使っている輪っかになっているゴムではなく、糸のように細いゴムを何重にも巻かれ、文字通り髪を縛り上げられるのだ。ポンポンなどの髪飾りはその上から結《ゆわ》く。事務所に入ってから知った髪の結び方だった。

車内のエアコンの風が、美砂乃ちゃんの細いハーフツインテールの髪に吹き付ける。昼間よりは少し崩れた毛束が、その風を受けてごわごわと揺れる。美砂乃ちゃんはディズニーキャラクターやお土産でもらったご当地キューピーのストラップを大量につけた折り畳み式の携帯の文字盤に、右手の親指を強く押し込んでメールを打っていた。恵比寿から乗った電車は目黒に着こうとしていた。冷たい風に晒されている美砂乃ちゃんが「今日ってこのあとひま?」と訊きながら、唇に張り付く毛束を取った。日曜日は塾がなかったので、私は痙攣する頬を指で押さえながら、うん、と答えた。

美砂乃ちゃんに連れられて、目黒駅で降りた。東口の方に出ると、タクシーやバス乗り場のあるロータリーがあって、そこを渡るとマクドナルドがあった。毎週土曜日にやっているダンスレッスンは目黒のスタジオを借りているらしく、美砂乃ちゃんはその帰りによくこのマクドナルドか、同じテナントの地階にあるはなまるうどんに寄っているらしい。私はダンスレッスンに通っていなかったから、レッスンシュートのスタジオがある恵比寿、事務所のある渋谷と、乗り換えの品川以外の駅に降りたのは初めてだった。

てりやきマックバーガーセットかマックチキンに飲み物とポテトをつけるかで迷って、手のひらに筆算を指で書きながら総額を計算して、後者にした。先に二階に上がって席についていた美砂乃ちゃんのトレーには、マックチキンと、白い小さな紙コップに入った水と、レッスンシュートの差し入れから持ち帰ってきたビタミンウォーターのペットボトルが置かれていた。ポテトを全部ひとりで食べると太る、とミラクルの子が言っていたのを思い出して、美砂乃ちゃんと一緒に食べられるようポテトを紙が敷かれたトレーの上に出した。

絵の具みたいなマヨネーズにまみれたレタスを嚙み切れず、一気に一枚まるごと口の中に入れて咀嚼していると、「せつなって、本当にせつな?」と美砂乃ちゃんがポテトを貪りながら言った。どういうこと？　と訊くと、美砂乃ちゃんは「だからぁ、せつなの名前って、本当にせつな？　ってこと」と、かわいく苛立ちながら言い直した。まったく言い換えになっていないけれど私はそれにやっとぴんときて、ぐにゃぐにゃのレタスを飲み込み、ファンタグレープを飲んでから「一応、芸名、って言えるのかなぁ。音は同じだけど、本名だと全部漢字」と答えた。他の事務所はどうなのか知らないが、ミラクルロードに入った子たちの多くは下の名前をひらがなやカタカナ表記に変えて、表記上の芸名を使っていた。

　所属契約をする時、芸名の欄でペンを止めたお母さんに狭山さんが「あぁ、まぁ、ひらがなが多いですよ。違う名前を考えるほどじゃないけど、やっぱりプライベートと仕事で名前を分けさせたい、って親御さんも多いですし。あと、読みが、ね。雪那《せつな》ちゃん、結構読み間違えられません？」と太めの眉毛をぐにぐに動かして表情豊かに話した。ベージュの口紅を塗った唇をきゅっと結んでいたお母さんは、ひとつ決心したように「じゃあ、せつなで」と言って狭山さんと目を合わせると、小さくて丸い文字で「石田せつな」と契約書に書き込んでいた。私は私の名前が決まるのを、応接スペースのソファに座りながらぼんやりと見つめていた。美砂乃ちゃん以外の、りのちゃんや他のみんなも、きっとそんな感じだったのだろう。学校や塾ではひらがなやカタカナの名前の方が目立つのに、事務所では美砂乃ちゃんのようなすべて漢字の名前の方が珍しかった。

「字、なんて書くの？」

「えっと、雪に」私はいつも学校や塾のプリントの氏名欄に書く漢字を思い浮かべる。「那覇の那、ってわかる？　沖縄の那覇。なんていうかな、洗濯物吊した感じの字なんだけど」

我ながら変な喩えだと思っていると、やはり美砂乃ちゃんが「何それ、全然わかんない」と困ったように笑った。バッグの中から、レッスンシュートやオーディションでの反省点を書くための小さいノートと、そのために買った細いシャープペンシルを取り出して、空いているページに自分の本名を書いた。

「あー、なんか、見たことある。てか、雪って書くのに、ゆきなじゃなくてせつななの？」

「うん。積雪っていうじゃん」

「ふうん。その、雪那ってどんな意味？」

「冬生まれだから雪で、那はきれいとか美しいとか、そういう意味。雪みたいにまっさらできれいな心の人になってほしいらしい」

「へー」

「美砂乃ちゃんは？」

「なんか、パパの方のおじいちゃんが勝手に神社かお寺に考えてもらってきたらしくて、よくわかんない。気づいたら美砂乃だった。パパもどっか行っちゃって、あんま会ったことないし」

なんとなく複雑なことを聞き出してしまったことに気づいて、私は慌てて早押しクイズ番組の回答者のように「私もお父さん福岡で単身赴任してる！」と一息で言った。たんしんふにんって何？　と言って、美砂乃ちゃんは興味なさそうにマックチキンの包み紙の模様を指でなぞったり、その上からバンズを指で押したりしていた。

「仕事のために家族とは離れてひとりで暮らしてるってこと。お父さんと会うの、二、三ヶ月に一回とか、それくらい。ほとんどお母さんとふたり暮らし」

「え？　じゃあ同じじゃん、うちら」

そう言って美砂乃ちゃんは茶色と黒と薄い緑色が混ざった瞳を見開き、やっと包み紙を解いて、マックチキンを一口食べた。美砂乃ちゃんは小柄で華奢だけど、口が大きくて食べるのが早い。というより、顔が小さいから口が大きく見えているだけで、単に食べるのが早いだけかもしれない。あっという間に半分ほど齧ってしまう。いつも通りよく嚙まないまま飲み込んでしまったようで、喉元を押さえながら眉を顰《ひそ》めた。紙コップを美砂乃ちゃんの目の前に寄せたが、彼女は慌てて持参したビタミンウォーターのペットボトルを手に取り、シトリン色の液体をラッパを吹くように呷った。

「でも、せつなはゆきなっぽいから、レッスンとか、ミラクルのみんながいない時、ゆきって呼ぶね」

せつよりはなんか、よくない？　せつって『火垂るの墓』の節子っぽいし、美砂乃のこともみさって呼んでいいよ、と、唐突な呼び名の変更に追いつけていない私の沈黙に、美砂乃ちゃんは蟻の巣に水を注ぐように、無邪気に隙間なく言葉を埋めた。たぶん、美砂乃ちゃんはその時読んでいた漫画のヒロインの名前が「ミサ」だったから、私にそう促していたのだと思う。何でもかんでも流行に乗るわけではなかったけれど、美砂乃ちゃんは一度何かに嵌まると、徹底的にその対象と同一化を図ろうとした。男性アイドルや俳優に恋することはなくて、女の子のタレントやキャラクターに憧れて、ファッションや髪形を真似することが多かった。

「美砂乃ちゃんって、本名なの？」

「うん。全部そのままだよ。ねぇ、ちゃんとみさって呼んでね？」

「なんか、美砂乃ちゃんは『美砂乃ちゃん』まで言わないと美砂乃ちゃんっぽくない感じがするんだけど」

「またなんかそういうむずかしいこと言ってさぁ。やめてよー。美砂乃、ばかなんだから」

「美砂乃って言ってるじゃん」

「ちがうんだよ、呼ばれたいの」

私はポテトを一本取った。さっきよりだいぶやわらかくなっている。「みさ」と声に出してみる。のちゃん、と続けたい口に、ポテトを含むことでそれを抑える。美砂乃ちゃんは「うん、それにして」と満たされたように微笑んで、残りのマックチキンをあっという間に平らげて、トレーのポテトを二、三本ずつ次々と食《は》む。私には物足りない響きだった。

ゆきもレッスン受けないの？　演技とかダンスとか、と美砂乃ちゃんはさっそく「ゆき」呼びを始めた。土曜日は午前中に塾があり、レッスンの時間に間に合わない。受験が終わったら考えています、とお母さんが事務所のパーテーションで区切られた狭い応接スペースのソファに座って、そう答えていたのを思い出した。そうなんだ、と思ったのと同時に、受験が終わったら、といきなり二年も先の話を当然のように話されたことに愕然としていた。お母さんはそんな先のことまで考えているけれど、私は月に一度塾で受ける診断テストと事務所のレッスンシュート、たまに書類審査を通過していたオーディションの二次面接だけで、肺がはちきれそうになっていた。

塾の時間が、と答えると、美砂乃ちゃんは「中学受験ってそんなに前から勉強するの？　六年生になってからするのかなって思っていたんだけど」と大袈裟なほど眉を八の字に下げて、私は勉強が嫌いです、と誰にでもわかる表情をしてみせた。

「でも、私は遅い方だよ。もっとちゃんとしてる子は三年生からやるらしいけど、私は四年生の終わりからだったから、全然追いつけない」

「うわあ、無理無理。三年生の時ってうち……みさ、ミラクルのスカウトされたぐらいしか記憶ない」

美砂乃ちゃんは来年から公立の中学に行くようで、制服衣装を着る時に「リアル制服早く着たい」とか「うちの学区の中学、制服ださい説があるっぽい。行きたくないんだけど～」とか時折私に聞かせるように呟いた。制服衣装のスカートのプリーツが揺れるのを見るだけでも合否への不安がちらつくので、そんなふうに何もためらわずに言うのは正直やめてほしいと私は思っていたものの、なんとなく歯向かう気が起きなかった。美砂乃ちゃんは年上でかわいくて、ファンレターはもちろんエンジェルブルーみたいな高い服をファンからたくさんプレゼントされて、事務所のひとたちから一目置かれて、何より普通にやさしかったから。悪意があってそう言ってるのではなさそうだった。

受験が終わったらダンスレッスンも考えているよ、とお母さんが狭山さんに言ったことをなぞるように言うと、美砂乃ちゃんは「まじ？ ゆきがいたらもっと楽しいわ。みささー、りののこと苦手なんだよね。うまく言えないけど、じっとりしてない？ だからゆきにいてほしいっていうか。今日りのが同じ時間じゃなくてちょっと嬉しかったし」と、急にりのちゃんの話が始まったと内心驚いていたら、「わーもう早く中学生になりたい〜……なろうね⁉」と、ポテトの油が付着した指先で、私の手首を摑んだ。美砂乃ちゃんは腕に手作りの古いミサンガを結んでいた。私の学校ではそんなのをつけていたら怒られるけれど、美砂乃ちゃんの学校では禁止されていないのだろうか。ミサンガだけじゃなくて、美砂乃ちゃんはイヤリングやネックレスをいつも身につけていた。今日も金色のフープの中に透明の蝶が揺れるイヤリングと、オープンハートにピンクのきらきらがついているネックレスをしている。動くたびに顔の周りや手首がきらめいていた。

「中学生には誰でもなれると思うけど」

「いやいやいや、ゆき？　早くなりたいっていう、気持ち！　気持ちのこと！」

私の目を見ているのに「ゆき」って呼ばれると私ではない誰かに話しかけているようで、さみしかった。でも美砂乃ちゃんはきっとこのまま飽きるまで戻してくれないだろう。頑なでわがままなのは知っていたから、すんなり諦められた。

ポテトをすべて平らげて、丸めたマックチキンの包装紙やポテトの箱や紙コップを載せたトレーを半分ゴミ箱の中に突っ込んで、揺さぶりながらゴミを捨てた。美砂乃ちゃんはビタミンウォーターを網のようなバッグにしまった。日焼け止め、どうする？　と訊くと、あとちょっとだけだからいいよね、と美砂乃ちゃんは腕をさすった。その代わりになるべく紫外線にさらされる時間を減らそうと、目黒駅まで小走りで移動した。私はお母さんにＳｕｉｃａを渡されていたので美砂乃ちゃんが券売機で切符を買うのを待ち、一緒に改札を通って山手線に乗って、品川駅で私たちは別れた。美砂乃ちゃんは京急線の連絡改札を通って帰っていった。私は京浜東北線に乗って、座席に座った。鼻の中にポテトの油の臭いが溜まっている。私はバッグにしまっていた日焼け止めを取り出して、腕と膝から下だけ塗り直してから目を閉じた。

新子安駅の改札を出て、西口の歩道橋を渡って十分ほど歩いてゆるやかな坂を上ると家がある。駅周辺は行き交うトラックにならされたようにぺったり平たいが、住宅街の方は道そのものがゆっくりと腹式呼吸をしているような起伏があった。家に着く頃には厚く塗った日焼け止めは汗で流れてしまい、後頭部から首にかけて太陽の手に摑まれているようだった。

鍵を開けて玄関の重い扉を開けると、きんと涼しい空気が顔に触れる。テレビがつけっぱなしになっているリビングの隅では、上の収納にプリンター複合機が置かれた縦長のパソコンデスクにお母さんが背中を丸めて座って、吸い込まれるように大型のノートパソコンを見ていた。鞄を食卓の椅子に置いて水を飲み、きつく縛られた髪のゴムを解こうとすると、お母さんが「おかえり。どうだった？」とノートパソコンから視線を離さずに言った。

「まぁ、普通」

「普通って何？　ちゃんと笑った？　この前の写真、雪那ぶすっとしちゃってたでしょ」

「うん」

「本当に笑ってたかどうかは次の更新でチェックかな」

お母さんはさっきまで読んでいたidobata会議のブラウザを一旦閉じ、別窓でブックマークから「制服シスターズ」のサイトを開いた。パステルカラーで統一された背景に文字ばかりが載っていたのが、一転して同い年ぐらいの制服を着た女の子の写真でブラウザが埋め尽くされる。

「やっぱり、美砂乃ちゃんはすごいね。制服シスターズでは上半期一位だったし、ミラフェスもダンスと演技の両方で出るなんてね。雪那も受験が終わったらがんばらないと」

所属しているミラクルロードが開催するミラフェスは、夏と冬の年二回、小さなホールを借りて保護者やファンを集めて、ダンスや演技レッスン、ポージングレッスンの成果を見せるイベントだった。そこではレッスンシュートで撮影したサイン入り生写真などのグッズも販売していて、事務所が運営している別の会員限定サイト「制服シスターズ」で人気のメンバーの生写真ほど、早く売り切れる。「制服シスターズ」はミラクルロード所属の小・中学生タレントの写真や映像が観られるサイトで、レッスンシュートで撮影した写真の中でもよかったテイクがアップロードされる。特に人気のタレントは、個人でイメージビデオも制作された。お母さんはわざわざ月額三千円払って会員登録して、idobata 会議に飽きたらそこに私の写真が上がっていないか確認していた。新着コンテンツ欄にはよく美砂乃ちゃんの写真が表示されていて、私の写真は滅多に採用されなかった。お母さんは私の人気がなかなか上がらないのは撮られる時の笑顔がぎこちないからだと考えていて、特に撮影の前には鏡の前で笑う練習を促してきた。その疲れでレッスンシュート前から頰が痛くて、もっと笑いづらくなる。そう伝えてみても「それはまだ雪那が笑い慣れてないから」と言う。

「ほら、今日どんな感じだったか、再現して」

「普通に、衣装着て、撮られただけ」

「どんなふうに？」

「ここスタジオじゃないじゃん」

「ポーズくらいは覚えてるでしょ？　ほら、にこってして」

疲れてちぎれそうな頰を摑まれ、にっこり笑ったお母さんの顔が視界いっぱいに覆いかぶさった。授業参観や運動会のたびに周囲から美人と言われるお母さんの笑顔。泥色の瞳と、私には遺伝しなかった尖った鼻、くっと上げた口角、黄ばんだ前歯とその表面に少しついてしまった口紅。目を瞑って首を振っても、お母さんの細長い爪は私を離さなかった。もっと強く首を振り、皿洗う、と私が言い捨てると、お母さんはしぶしぶ手を離してパソコンデスクの前に座り直した。

「勉強はもちろん大事だけど、あのね、無料で撮影してもらえるって、すっごくすっごく珍しいんだよ？　他の事務所ではね、レッスン代に何万も払い続けて、お仕事もオーディションも一度もないままなんてザラなんだって。今見てるトピ主さんの子もね、悪い事務所に騙されて、二十万も三十万もレッスンにお金かけて、仕事なんて何もなかったんだって。酷いでしょ？　それに比べたら雪那、恵まれてるんだよ」

「レッスンシュート」と表現したり「お仕事」になっていたり、事務所関係の用事の呼び方はその時々で簡単に変わる。とにかく、お母さんはなんでもいいから私が事務所に呼ばれていてほしいようだった。シンクに置かれているネギやご飯粒がこびりついた皿とスプーンを洗剤をつけたスポンジで擦《こす》り、最後に大物であるフライパンを洗う。おそらく、お母さんはチャーハンを作って食べていたようだった。お母さんが気まぐれに作るチャーハンはぱらぱらでおいしいから、マックに行かずまっすぐ帰ればよかったとほんの少しだけ後悔した。

皿洗いを終えて濡れた手のままポニーテールの根元を摑み、ゆっくりとヘアゴムを引っ張りながら風呂に向かった。ぷちぷちと髪の毛が抜ける音と痛みが弾けて、ふっと突き落とされたように頭が軽くなる。頭に刺さっていた無数の針をすべて一気に引き抜いたような解放感。ヘアゴムは再利用できないほど伸びているので、洗面台のゴミ箱に抜けた髪の毛と一緒に捨てた。スプレーで固められた髪が、とても小さい頃に絵本か何かで見たメデューサのように大きくうねったまま逆立っている。こめかみのあたりに指を当てて氷柱《つらら》のような質感の髪をほぐしながら、Tシャツと、その下に着ていたキャミソールを脱ぐ。洗面台にあるお母さんのクレンジングオイルでメイクを浮かせて、温めたシャワーを顔に当て、それから頭からお湯を浴びた。最初はお湯を弾いていた髪が魔力を失うようにどんどん萎《しな》びて、体の力も抜けてゆく。ぴくりと右頬が攣《つ》った。

風呂場の鏡にシャワーの湯をかけると、鱗状の水垢汚れと結露が一瞬だけ晴れて体が映った。体毛が薄く、ニップレスシールを貼ったままの私は、つるっとした裸の人形のようだった。でも、子供の頃に与えられたリカちゃん人形みたいにすらりと引き締まってはいない。それらはどちらかといえば美砂乃ちゃんの形容に近い。私は赤ちゃんの胴体を引き伸ばし、そこに年相応に成長した手足をくっつけたようなものだった。ニップレスシールを剝がしてもう一度顔を上げると鏡はもう白く曇っていて、私の体の輪郭はぼんやりと滲んでいた。

洗面台のそばの衣装ケースの引き出しからショーツを取り出すと、その奥からタグを切っていないジュニア用のブラジャーが一緒にずるずると出てきた。美砂乃ちゃんが着けていた三角形のものとは違う、タンクトップを切ったような形のものだった。雪那もそろそろだね、と言って、お母さんがそごうで買ってきたものだ。こういう形の下着はレッスンシュートで初めて着たけれど、脇のところにゴムが擦れてかゆくて、撮影が終わったら急いで脱ぎ捨てて、赤くなるまで掻きむしった覚えがある。あんなものを一日中着けられるわけがなくて、私はそれを引き出しの最奥にしまい直し、コットンキャミソールを着た。

寝て起きて、ビデオに録画した昨日の朝の戦う女の子アニメと戦隊モノを観ながら、昨日お母さんが買っておいたらしい近所のパン屋さんの惣菜パンを食べた。学校も塾もレッスンもない月曜日が来て、ようやく夏休みを実感する。それからお昼すぎまで食卓で勉強をした。途中、お母さんが起きてきて目の前で明太フランスを食べ、パソコンデスクの前に座りテレビと idobata 会議を交互に見ていた。次第に、お母さんの首はテレビよりもパソコンの idobata 会議の文字列に固定され、じっと動かなくなった。その頃合いを見計らって机の下で携帯をそっと開き、美砂乃ちゃんへメールを送った。
〈昨日はいろいろ語ったね。中学受験が終わったらもっといっぱい一緒に遊ぼうね〉
美砂乃ちゃんからすぐ返事が来る。〈語った語った。めっちゃあそぼぉ！　ゆきと服とかアクセとか買い物ぃきたぃ！〉
中学生や高校生のように、美砂乃ちゃんはところどころ小文字にする文体で作文していた。何か同じようにひねらなければと思いつつその法則性がわからず、私は手紙の文章のお手本をなぞったような文体のままで、妙に幼くて美砂乃ちゃんと嚙み合っていないような気がした。それだけじゃない。私の家は美砂乃ちゃんのようなお小遣い制ではなくて、レッスンやおでかけの日にＳｕｉｃａのチャージ代と食事代として千円をその都度もらうか、欲しいものをお母さんに申告してそのぶんのお金をもらう方式だった。例外として、お父さんは本だけは自由に買っていいと言って単身赴任から帰ってくるたびに図書カードを渡してきたものの、図書カードしか自由に使えない自分の幼さを美砂乃ちゃんに悟られないように〈いこう！　うちお小遣い少ないから、今から貯金しなきゃ〉と、見栄を張った返信をした。

やりとりが止まったので、私は太ももに開きっぱなしの携帯を置いて、塾の宿題を何問か解いて待っていると〈ゆき、撮影会出なぃの？　めちゃギャラ高いょん〉と返ってきた。

ミラクルロードか「制服シスターズ」のどちらが運営主体なのかは不明瞭だったが、撮影会もレッスンシュートの時と同じホームスタジオで毎月開催されていた。たいてい週末に二部制で行われ、スタジオの各部屋に衣装を着たタレントを配置して、申し込みをした客が自前のカメラで時間内であれば少女たちを自由に撮影できる仕組みだ。タレントの傍にはマネージャーがついているものの、撮影に夢中になってこちらに飛び出したレンズが触れそうなほど近づこうとするファンもいるらしい。美砂乃ちゃんや他の子から、ちょこちょこと撮影会の愚痴を聞くことはあった。私は入所してまもなく、この前のレッスンシュートの時とは違うデザインのスクール水着衣装で一度だけ参加したことがあったが、華奢な小学生を目当てに首から立派な一眼レフカメラを提げたさまざまな年齢や体型をした男たちは、小学四年生の時点で身長が一五〇センチメートルを超えていて、さらに子供の割には面長の顔をした私のもとには集まってこなかった。ちらほらとカメラのピント調整の練習がてら二、三枚だけ私を撮って、何も言わずぬうっと他の女の子のところへ流れていった。それから撮影会には呼ばれなくなり、一時期は事務所のホームページに撮影会の告知が上がるたび、お母さんは歯痒そうに「今は受験があるから」と、私の頬や首に言葉を塗り込むように言った。最近は何も言われなくなったけれど。

〈受験終わったらやるのかもしれない。でも美砂乃ちゃんほどミラクルの人たちに好かれてないから、そんな呼ばれないかも（汗）ファンの人もなんかこわかったし〉

しばらくして、美砂乃ちゃんから長文のメールが届く。撮影会のギャラは一日約三万円らしい。基本的に親が管理しているものの、そのうちの一万円は美砂乃ちゃんのお小遣いになるらしい。美砂乃ちゃんはほぼ毎週呼ばれているので、小学生のお小遣いにしては大金を稼いでいるようだった。それに迷惑なファンに対しては狭山さんたちがびっくりするほど大声で怒ってくれる、大人が守ってくれるから大丈夫、と美砂乃ちゃんにしてはひとつひとつの言葉が丁寧で、別人が打ち込んでいると言われても納得しそうな文章が続いたが、最後の〈ゆきと撮影会出れたらぜったいたのしぃ。てヵ早くみさって呼んでネ〉の一文からはちゃんと美砂乃ちゃんの声が聞こえてきた。

　美砂乃ちゃんに簡単に返信を済ませてから、お母さん、と呼びかける。画面から目を離さず、んー？　と返事する。髪の毛が力なく垂れ下がっている背中を見つめながら、受験終わったら撮影会もやろうかな、と呟くと、お母さんはこちらに振り返った。

「どうした。やる気になったの？」

「うん」

　お母さんは化粧をしていない顔に今にも溢れそうなほど喜びを滲ませながら、立ち上がって私の隣の席に座った。そして私の髪を宝物に触れるように手で梳かしながら、雪那は撮られる経験がもっと必要だと思ってたんだよ、ただ慣れてないだけ、せっかくこんなにかわいいのに恥ずかしがるから、と機嫌良く話し始めた。お母さんが笑顔になる。うれしい。私に触れるお母さんの指は熊手のように華奢できれいだったが、すごく肌が弱いのに私が幼稚園の頃に水仕事をしすぎたせいで、舗装されていない道路のようにガタガタに荒れてしまったらしい。だから朝ご飯は洗い物の出ない惣菜パンが多く、皿洗いは私の仕事だった。私の手や肌はお父さんに似て丈夫なようで、乾燥する冬はともかく夏場は荒れることがなかった。

「でも、まずは中学受からないとね。一気にいろいろ手を出して何もできなくなっちゃったら意味ないよ」

今まで私がお母さんの過熱を冷ますために言ってきたことをほとんどそのまま言い直されて、喉の奥で言葉がぎゅるると渦巻いた。何か声を発するとそれらをもらしてしまいそうなので、口を閉じて鼻息と首で肯《うなず》いた。

「そういえばお昼か。何にする？」

お母さんはキッチンに向かって、シンクの下にしゃがんだ。シンク下の引き出しはカップ麺や袋麺のストックがある。中を物色しているのか、お母さんが手に取ったカップの中から砕けた油揚げ麺やかやくがからからと流れる音がする。ミラクルに入る前に家族で行ったどこまでも青く透き通ったホノルルの海がふと頭によぎる。そこで拾った貝殻に耳を当てて聞こえる潮騒に似ていた。焼きそばがいい、と私は返事した。

二〇一五年　五月

「盛り塩さんですか?」

テーブルに肘をついてスマホをいじっている金髪をひっつめた女性に声をかけた。椅子にかけたBAO BAOのトートバッグから、目印のアレックスを二頭身にデフォルメしたぬいぐるみキーホールダーがぶら下がっていた。女性は顔を上げて「あ……ゆきじさん?」と目を見開き、椅子から腰を浮かせて関西方面のイントネーションで「やっと会えた! あっ座ってください座ってください、え、あの、やっぱ学生さん、よね? 就活中?」と、染髪していないショートボブに入学式用に買ったパンツスーツと、上から下まで真っ黒な私を見て言った。

「夕方からバイトの面接があって。就活は全然先です」

「そっかー、いや、Twitterでも学生さんっぽいなとは感じていたけど、いざ実物と対面すると、失礼かもしれへんけど、本当にお若くて、しかもほっそくてびっくりしちゃった。あの、一応念のため確認なんやけど、十八歳は越えてるよね？」

　今年で二十歳になると伝えると、自作だというフリンジのピアスを揺らして、それでも若い若い若すぎる、と盛り塩さんは鈴のようにきゃらきゃら笑った。盛り塩さんは去年私が Twitter を始めてからすぐに相互フォロワーになった絵師さんだった。昨日から有休を使って東京旅行に来てランチの相手を相互フォロー間で募集していて、軽い気持ちでリプライを送ってみたら昨日の今日で簡単に会えてしまった。オフ会や即売会には行ったことがなかったので、ネットで知り合った人と会うのは盛り塩さんが初めてだった。

　店員にガパオライスとミニフォーセットにアイスティーを頼んでいる間にも、その年齢であの名作を、とか、先週ピクシブにアップしていた短編はマジ、ほんっとうに、泣いてしまいまして……アレックスって簡単に幸せになっちゃいけない運命やん……とか、盛り塩さんの会話は一段飛ばしで進んでゆく。Twitter でも比較的日常について呟く人で、書き言葉と話し言葉にあまり差がなく、声と文字がぴったり隙間なく重なり合ってするすると玲瓏《れいろう》に流れてゆく。盛り塩さんはデザイン関係の仕事をしていて、繁忙期は会社に泊まることもしばしばあるほどハードワークで、ここ数年はオフラインで同人誌を描いていないということは、日々のツイートの内容からなんとなく察せられた。他に盛り塩さんについて知っていることといえば、アレックスはBLカップリングにおいて絶対に受けでなくてはならず、そしてできるだけ彼を不幸にしたがることだけだった。

ふたりの会話の間に店員が「ビーフンセット、ガパオミニフォーセット」と言いながら食べものを差しこみ、伝票を置いてすぐに厨房に戻っていった。豚バラビーフンを箸でほぐしながら、一度切られた流れなんてなかったかのように盛り塩さんは「ゆきじさんって『両《もろ》クス』の前はどのジャンルにおったん？」と、さきほどと同じ調子で訊いてきた。ここまで嵌まったのは『両クス』だけで、当初は夢女子で、そのままなんとなくピクシブとかネットとか見ていたらいつのまにか腐女子になっていました、と経歴はすべらかに言葉になった。

「あ、今はアレックス受け固定です、アレックスに雄っぽさはそこまで求めていなかったので、好きな作品もわりと、なんていうか、夢とはいっても恋愛恋愛していないというか」

受け固定の盛り塩さんの気分を害さないように早口で注釈を滑り込ませると、盛り塩さんは驚いたようにビーフンを箸で伸ばしながら、私も……とアイシャドウで囲った瞳を丸くして言った。

「懐かしい、私、昔ずっと追いかけていた夢小説作家さんがおって……『夜もすがら』っていうサイトなんやけど」

今度は私が小さく声を上げ、私も「夜もすがら」に狂っておりました、と口元を覆った手の隙間から溢《こぼ》す。えっすごい、奇跡？　こんなことある？　でも、だって、あれは二次創作ってより、もはや文学の域っていうか……。いや、ほんとそう、文学。えーちょっと、今もサイト生きてるかな、と箸を置いてから互いに声をひそめながらはしゃいで、盛り塩さんのスマホから「夜もすがら」のサイトにアクセスした。スマホ対応のために夢小説作成のＵＩそのものが変更され画面が広がり読みやすくなっていたが、トップページを見るに二〇一一年の秋に読んだ長編連載三回目を最後に、ブログ含めすべての更新が途絶えていた。ｒｉｃｏさんもジャンル変えちゃったかねぇ、と盛り塩さんは名残惜しそうに、スマホの液晶に指紋を擦りつけるようにゆっくりとサイトを閉じた。

十五年前に一度完結した漫画『両刃《もろは》のアレックス』の続編連載が告知され、私や盛り塩さんのタイムラインは叫び声や喜びを表す絵文字で横溢した。架空の国の医師兼死刑執行人の家系に生まれた主人公アレックスは、罪人の首を斧で素早く刎《は》ねる天賦の才能に恵まれ、少年の頃から「慈愛の執行人」と呼ばれていた。しかしその国に革命が起きた頃、ギロチンが開発されたことをきっかけに彼は仕事も特権も手放し、浪人として飄々と暮らしていた。ヒロインである鍛冶屋の娘と恋をしたり、自らが処刑した罪人の息子と共に暮らしたり、自身に恨みを持つ旧時代の残滓と斧を武器に戦ったりして、新しい時代での生き方を模索していた。続編は本編終了から三年後の世界で、主人公とヒロインの間に娘が生まれているという設定も同時に公開された。私たちはそれも受け入れて喜んでいたものの、自分の思い描いた終わりの先ではない、と活動ジャンルを変えた二次創作作家も決して少なくなかった。

私たちがかつて読んでいた夢小説の作者ｒｉｃｏさんも、「夜もすがら」に帰ってくることはなく、物語は結ばれることなくうち捨てられたままだった。盛り塩さんは箸を手に取って、麵を啜り始める。それに合わせて私もレンゲでガパオのごはんを食べると、ひと口めを食べ終えた盛り塩さんが付け合わせのミニサラダを箸で混ぜながら、なんていうか、と呟いた。

「私はこういう活動を本格的に始めたのが結構大人になってからで、最初から世界をばっさり分けて、私のは解釈、あくまでたくさんある解釈のひとつって肝に銘じて二次BLを描き始めたから、こういうのにショック受けてやめちゃう気持ちが正直わからへん。作者は紛れもなく絶対神やし原作は正史、あ、正しい歴史の正史、やけど、頭の中で想像するのは自由やん。現実とはちがうけど、嘘でもあらへんしな、想像って」

鶏肉のだしで硬めに炊かれたごはんを嚙みながら、私は小さく数回肯いた。著作権の通念上、二次創作は暗黙の了解で済まされているだけだ。原作者自身はあとがきや巻末コメントを見るに二次創作にも寛容なスタンスらしく、他の漫画家との対談では自分の作品の同人誌を買って読むこともあると打ち明けていた。驚く相手の漫画家に対し「みなさんすごく絵も文章も上手だし、すごいんですよ、僕よりキャラのことを客観視してよく知っている（笑）。もう僕じゃなくてこの人が描けばいいのにと思う（笑）」と発言したところが、切り抜かれてまとめ記事にもなっていたことがある。そんな原作者のやさしさに甘えて、中には自分の想像と原作の境界もわからなくなり、そのギャップに怒り出すファンもいた。私はそういうファンを、内心では線引きのできない人たち、と呆れて眺めていた。

「そもそも自分に置き換えて読んでへんかったから、ヒロインとくっつくのが嫌っていう感覚がないんよ。アレックスはどちらかというと革命前の旧時代の人間で、それに対しヒロインもそうだけど年齢若めな子をいっぱい出して、その明暗をよく描いてたやん？　だからアレックスが子を持って父になるのは不自然やあらへんし。なんか、キャラの年齢や人生を自分が追い越しちゃったり、自分のこうあってほしい姿にキャラが向かってゆかなかったりして、冷めちゃう感じなんかな。偶然最初に夢小説っていう形式と出会ったけど、私は自分を主人公に据えて恋をしたいわけじゃなくてアレックスの運命や世界を外側から見守るのが好きで、結局ＢＬに落ち着いたんやろなって思う。ｒｉｃｏさんの作品は好きやけど」

「わかります。私も、夢小説の名前をずっと空欄のまま読んでいました」

いや、それはおもろすぎ、と盛り塩さんは口元を手で押さえながら笑った。言われてみれば、アレックスにどういう人生を歩んでほしい、なんて考えたことがなかったかもしれない。ただアレックスが存在して、他の誰かと関係を構築していることそのものが好きで、見守っていたかった。それがヒロインでもライバルでもいいし、どうしてもゆるすことができない地雷はなかったから、盛り塩さんの分析は合っているのだと思う、おそらく。

お店を出たあとは池袋の本屋やアニメショップを巡りに行くらしく、盛り塩さんが新宿駅の東南口改札の前で「電車何線やっけ」と慌ててスマホを取り出した。山手線か、湘南新宿もあるけど、あれちょっとホーム難しいからやっぱ山手線がいいかもです、ここからだと一番奥のホームの緑色の電車です、と答えた。

「そういえば、ゆきじさんってずっと地元東京なん？」

「あ、いや、実家は横浜の方なんですけど、大学は都内でなんとなくわかるというか」

漫画のフキダシに言葉を詰め込むようにして返す。あぁそうなんや、ありがとぉまたよろしくね、と盛り塩さんは余裕のある笑顔を浮かべて手を振って改札を通り、一度こちらを振り返ってから手前にある湘南新宿ラインの乗り場を指さし、両腕を交差して大きなバツを作り「これ、ちゃう？」と唇を大きく動かして私にサインを送る。目を見開いて、大きく肯く。盛り塩さんは腕で大きな丸を作り、小走りで山手線の乗り場の方へ向かって行った。

大学に進学してから東京という地名をよく聞くようになった。中でも上京してきた同級生たちは、私がレッスンのために電車で通った場所や、オーディションのために家のノートパソコンや折りたたみ式の携帯でルート検索して覚えていった地名をすべて「東京」と呼んでいた。そう呼ばれると、鉄板のように熱いアスファルトを歩いても歩いても辿り着けないオーディション会場への道も、レッスン後に食べるファストフードも、すべてミニチュア模型の街の中での出来事のように私からかけ離れてゆく。だからその表現はとても耳に甘い感じがして好きだったけれど、自分の口からはそれがまったく出て来ない。どんな場面で今いるこの場所を「東京」と呼べばいいのか、いつまでもその用法がわからなかった。

盛り塩さんを見送り、私は新宿で家庭教師アルバイトの面接を受けた。事前にネットから応募していたので、事務窓口ではほとんど形式的な質問に答えるだけだった。そのまま見開きで二ページ分の業務委託契約書を交わし、個人情報を会社の名簿に登録してから、後日電話かメールで案件の連絡を入れる、と伝えられた。特に指定されなかったので念のため着てきたが、スーツで行く必要もなかったかもしれない。カメラも置かれず、たわんだ空気の中で淡々と進んでゆく面接は、いつどこに「そこにない視線」に判断されているのかがわからなくてかえって疲れた。

初台のマンションに帰り、靴を脱ごうと一度玄関で座ってしまうとしばらく立ち上がれなかった。

なんとか1Kの部屋に這い入り、ベッドに腰掛けてむくんだ脛《すね》を左手で指圧しながらお母さんに「今帰りました」とLINEをした。しばらくして既読がつき「OK！」と兎がサムズアップしているアニメーションスタンプが送られてきた。

ミラクルロードにいた時のレッスンシュートには実は少額のギャラが出ていたらしく、CM出演のギャランティと合わせて三十万ほど入った預金通帳とカードを、お母さんが入学祝いとして渡してきた。こういうお金に手をつけるような酷い親もいるらしい、けれど私は一度も手をつけなかった、と何度も預金通帳を開いて、出金記録がないことを私に確認させた。新居の家電製品を買ったらあっという間にその口座のお金はなくなってしまった。一人暮らしもアルバイトも両親は反対で、そんなことするくらいなら実家でゆっくりと勉強して資格でも取る方が有意義だと説得されたけれど、いろいろと交渉した末に、毎日帰宅をLINEで報告することを条件に一人暮らしの許可が出た。仕送りもいらないという条件も出したが、ワイドショーか何かで進学を機に一人暮らしを始めたものの経済的に困窮して性風俗で働き、ハードワークでそのまま大学をドロップアウトした女性のインタビューを観たらしく、お母さんが家賃の支援をしてあげると食い下がられた。世の中、こんなふうに親にお金を頼れない人も珍しくないんだよ、地方から来る人はなおさら大変で、その点本当に本当にあんたは恵まれている、その自覚ちゃんとある？　とお母さんは怒っていた。その通りだと思う。お父さんは何も言わなかった。

電気ケトルでお湯を沸かしている間に部屋着に着替える。シャツの透け対策で買ったベージュのブラトップに慣れて、ワイヤーブラになんてもう戻れない気がするし、戻らなくてはいけない理由も特に見つからなかった。湯気をしゅうしゅう噴き出したケトルを傾けて春雨スープをあけたカップにお湯を注いで、箸でかき混ぜる。もう食べたいものを我慢する必要もないのに、実家にいた時より痩せるのは楽になり、この生活を始めてひと月あまりで三キロはするりと落ちた。

スープを啜りながらTwitterを見ると、盛り塩さんが〈前世の徳が高いので、新宿でゆきじさんに会い、そのあと瑠華さんに池袋案内してもらいました〉と、今日のごはんの写真と共にツイートしていた。いいね欄から瑠華さんという人のアカウントに飛んで見てみると『両刃のアレックス』のファンではなく、知らないコンテンツの好きなカップリングを自己紹介欄に列挙していた。同じ文法を使っているはずなのに知らない名前が組み合わさっているようすは、外国語というほど遠くに感じないものの、暗号のように見えた。

おのおのが独りごちたり会話したりしているタイムラインに〈午後七時だ。夕飯、きれいに食べてえらいな〉と言って「息するだけで褒めてくれるアレックスｂｏｔ」が登場すると、盛り塩さんがｂｏｔに〈今日も仕事してえらいね〉と返信する。

〈仕事か？　いってらっしゃい。僕は……薪でも割ってくるかな〉

「仕事」という単語に反応した定型文に、盛り塩さんはこうして食い違う会話が発生すると〈おばかでかわいいね〉と言いながらｂｏｔを愛でた。そこにはｂｏｔが対応している単語はないようで、押し黙ってタイムラインを流れていった。

二〇〇八年　八月

美砂乃ちゃんは沖縄に行っていた。初めてのソロイメージビデオ制作が決まり、そのロケだった。美砂乃ちゃんは生まれて初めて飛行機に乗り沖縄に行って、空色の海を目の当たりにし、撮影中も、海水を何度も手で掬ってその透明さを確かめた。そうして沖縄から帰ってきた美砂乃ちゃんと、私は広告代理店の別館のビルの前で会った。

家のパソコンから印刷してきた地図を折りたたんで鞄にしまっていると「ゆき、それリアル制服?」と、ノースリーブの白いチュニックを着て七分丈の淡いブルーのジーンズにヒールの低いミュールを履いた美砂乃ちゃんに訊かれた。私が肯くより先に「青いシャツ、おしゃれ。いいな」と、美砂乃ちゃんは胸まで伸ばし、縮毛矯正をかけてぴんと尖らせた髪の毛を耳にかけて、私の夏用制服の袖に刺繍されたローマ字の学校名を指でなぞりながら呟いた。特に服装指定のないオーディションは、制服か、なるべく白い服を着るようにと事務所から指示されていたので、何も考えず制服を着て行った。

「筆記体読めない」

小学生の時だったらこのあと「美砂乃、ばかだから」と続いていたけれど、中学二年生の美砂乃ちゃんは、もう言わない。狭山さんに注意されたらしい。

「私も苦手。なんかやったけど、全然使ってない」

「えぇ、ゆきに覚え方教えてもらおうと思ったのに。夏休みの宿題さ、筆記体でプリント書かなきゃいけないんだけど、何回見てもまったく、ぜんぜん、ほんとに、地の果てまで、わかんない……てか、ゆきんとこ、一年生で筆記体やるんだ。さすが私立」

ばかだから、とは言わなくなった代わりに、美砂乃ちゃんは私に時々こんなふうに「さすが私立」と言うことが増えた。突き放されるような響きだし、第一志望で入った学校じゃないから、いつやめてほしいと伝えようか考えていた。言いあぐねているうちに春が止んで夏が立ち込めて、その響きにすっかり慣れてしまった。

「他の学校がどうかはわからないけど、うちの先生、筆記体は普通はやらなくていいって言ってたよ。まぁわざわざ筆記体でノート取ってる子ってあんまりいないと思うけど」

「てか、まじでずっとみさって呼んでくれないよね」美砂乃ちゃんは乾いた唇を舐めながらそう言った。

「だって……なんで『ゆき』なの、私」

「別に深い意味はないけど、いや？」

「いやってわけじゃないけど」

「じゃあいいじゃん。てか、髪結んでくればよかったなぁ。汗やばい」

美砂乃ちゃんは胸のあたりで散らばっている毛先をまとめて背中側に流して、右手で長い髪をひとつに束ねながら首を手で扇いだ。「ヘアゴム持ってないよね？」と言いながら、美砂乃ちゃんはパッと束ねた髪を離して、自分の肩にかけたバッグの中を漁り出した。

「うん、ごめん」

自分からこっちの制服や筆記体の授業の話に触れてきたのに。そう思いながら、私は肩につかない長さに切り揃えた髪の毛を手で梳かした。

制服や授業の話はするけれど、放課後はどこで遊ぶとか、どんな友達がいるとか、学校生活について詳細に話すことはなかった。会話がその方向に進みそうになると、誰かが話を切り上げる。そういう約束をしたわけではなかったけれど、ミラクルロードに所属する子たちとのおしゃべりではそういった話題をお互いに避け合った。特に美砂乃ちゃんは、今みたいに不自然なほど強引に話を変えた。

今日はマネージャーの誰も来ない日で、ふたりで集合して受付を済ませ、ふたりで空っぽのエレベーターに乗った。美砂乃ちゃんはバッグから小分けした紙袋を出して、そっと渡してくれた。中には星の砂と群青色のカラーサンドが入った小瓶のストラップが入っていた。エレベーターの中はふたりきりなのに「面接の前や後も、どこかから誰かが審査しているかもしれないから、ちゃんとしなきゃね」という狭山さんの言葉を思い出し、「そこにない視線」を感じながら美砂乃ちゃんが「ロケのおみやげ」と声をひそめて言った。どんなロケだった？　那覇はどうだった？　暑かった？　何食べた？　私沖縄行ったことないんだ。会話を始めそうになってしまい、嘔気を堪えるように押し黙った。私も「そこにない視線」を感じていた。

オーディションに多い集団ではなく個別の面接だったので、番号札を渡されることなく、係の女の人が名簿を確認したらそのまま控室として使われている会議室に通された。既にふたり、それぞれ学校の制服を着た中学生くらいの女の子たちが、長机の上にスクールバッグを載せて、何もせずじっと座っていた。美砂乃ちゃんと机の手前側に座り、膝の上にバッグを載せ、まず携帯の電源を切った。それからバッグの中で、美砂乃ちゃんからもらった星の砂のストラップを手にとった。小瓶はコルクが深く差し込まれていて、中身が飛び出ないようになっていた。名前が呼ばれるまで、私は小瓶をゆっくり振って中の星の砂や貝殻を眺めることで緊張を解きほぐした。美砂乃ちゃんは、私と同じくバッグの中に手を入れて、その中で携帯をいじっていた。

ひとりの女の子が係の女の人に名前を呼ばれスクールバッグを持って控室を出て、またもうひとりの女の子が名前を呼ばれ控室を出て、それっきりふたりはこの部屋に戻ってこなかった。しばらくするとまた同じ係の人がやってきて、私の名前を呼んだ。年齢順だと美砂乃ちゃんが先だけど、五十音順だと私の方が先になる。荷物を持って席を立って、美砂乃ちゃんを見下ろす。美砂乃ちゃんの携帯のストラップの塊には、ジンベイザメの着ぐるみを着たご当地キューピーだけでなく、ピンク色の星の砂の瓶も新たに加わっていた。話したい気持ちがふつふつと泡を噴き始めたけれど、私はじゃあね、と声をかけて、荷物をまとめて出た。

　頬をくすぐる髪の毛を耳にかけてから扉をノックして「失礼します」と声を通らせる。お母さんに言われた通り、部屋に入ってにこっと笑った。カメラの前で、控え室で手渡された名前が印刷されたコピー用紙を持ち、自己紹介をする。ミラクルロード所属の石田せつな、中学一年生の十二歳です。特技はピアノと英語です。シチューが大好きなので、こうして面接に呼んでいただいてうれしいです！　よろしくお願いします。特技まではいつも通りに自己紹介文を誦《そらん》じて、最後の一言は、今日のためにお母さんが考えたものを追加で覚えてきた。私の声はヘリウム風船のように、ふらふらと飛んでジプトーン天井に吸い込まれていった。

　家庭用のものより少しレンズの大きいビデオカメラが、まばたきをせず私を見ていた。面接官の男性の指示通り、パイプ椅子に座って、長机の上のプラスチックスプーンを摑み、木製のボウルを左手で押さえながらパントマイムでシチューを掬って食べる演技をした。最後に、カメラの大きな黒目と視線を合わせて、息を吐いてから、「おいしい」と呟いた。それから急いでひと口、またひと口と食べる演技を続けていると、男性が信じられないくらい大声で、はいオッケェ！　と時間を切り分けるように言った。

　それからすぐ、男性はやわらかな声色でありがとうございました、と笑顔で言うので、私は私の体を後頭部からぴんと張らせた糸が切れたように、ふっと猫背になった。スクールバッグを持って「ありがとうございました」と一礼して、息をひそめながら扉を閉めた。足早にエレベーターのところへ行き、下に降りるボタンを押して振り返ると、控室から出てきて面接室へ向かう美砂乃ちゃんの後ろ姿が見えた。結局髪は結ばないでさらりと胸のあたりに落としたまま、美砂乃ちゃんは部屋の中に飛び込んでいった。

　エレベーターの中で携帯の電源を入れると、しばらくして六件のメールを一気に受信した。私はそれらを開かないで、狭山さんに〈オーディション終わりました〉、そのまま予測変換を使ってお母さんに〈オーディション終わりました。これから帰ります〉とそれぞれメールをして、外に出る前に日焼け止めを腕と膝に塗った。広告代理店の別館ビルから駅まではそう遠くなかったけれど、目も開けられないほど陽光が燦々と舗装された道に照り返していた。なるべく日陰を探しながら来た道を辿って駅に上がるエスカレーターに乗り、低くて平べったい改札口に着いた。

改札をＳｕｉｃａで通ってまたエスカレーターでホームに降り、南浦和行きの電車に乗り込んで席を確保してからもう一度携帯を開いた。六件は、私が一ヶ月足らずで辞めた女子バスケ部の面々からだった。すべて無題で、本文にはそれぞれ〈変態〉〈次の変態写真見せて〉〈なんでこんなことしてんの？〉〈キモ〉〈頭おかしいん？〉〈目が腐りました。慰謝料を請求します〉とあった。

クラスメイトはなんとなく私を避け、自覚があるのかないのか、男子は撮影会の客と似た視線を無言で向けてきた。こんなふうにはっきりと悪意を剝き出しにして嫌がらせをするのはバスケ部だけだった。ドラマや漫画で見聞きした酷そうな言葉をかき集めてパッチワークにしたようなメールを、ひとつひとつ開封し読み切る。肩のあたりの肌はひんやりしていた。けれど首や耳の周りだけ、血が血管の中を全力で駆けて熱かった。拍動もやけにうるさい。六件のメールすべてにチェックをつけ、「墓」と名付けたフォルダにまとめて移動した。そうすると、受信トレイの中はお母さんと美砂乃ちゃんと狭山さん、時々お父さんの名前だけになった。喉の下で息をしていたのが、呼吸の弁がゆっくりお腹の方に下がってゆくようだった。ようやく、エレベーターの中で感じていた「そこにない視線」が届かない場所まで来た。

鞄の中に携帯をしまって、書店のカバーをつけた『両刃のアレックス』の単行本を取り出す。私が生まれる一年前に連載を開始し、小学校に上がる前にテレビアニメ化をして完結した少年漫画だった。勉強机の引き出しに溜まっていた図書カードで、中学に上がってから少しずつ買い足して読んでいた。毎週末、レッスンやオーディションを受けに都内に行けばだいたい京浜東北線の往復で単行本一冊分は読めた。夏休みに入ってオーディションが増えると、あっという間に全巻を読破し、今日から二周目に入っていた。

少年漫画にもかかわらず、連載初期は少女漫画のようにうんと繊細な線で描かれ、アレックスは少年ではなく三十路近く、正義の執行人でありながら一方で人殺しでもあるという複雑な設定が革新的だったと、この頃毎日アクセスしている「夜もすがら」という夢小説サイトのブログに綴ってあった。その説明がなかったら、私はそんな特異性に気づかないまま、物語を通り過ぎてしまったかもしれない。

次は蒲田、というアナウンスとともに、電車が深呼吸をするように減速を始めた。漫画を読むのはやめて、携帯を開いてブックマークから「夜もすがら」のサイトを開き短編のリンクを選択した。私は新しい物語に渇いていた。リンクが紫色になっていない未読のタイトルをクリックすると〈あなたの名前はなんですか？　空欄の場合 ##NAME## と表示されます〉と付記された名前入力欄が出てくる。

一度、他の夢小説サイトで正直に本名を入れて読んでみたことがあった。しかし西欧風の名前を持ったキャラクターたちの物語に、無理やり私をねじ込んだようでいつまでも馴染まない。それでも最後まで読み切って物語の一部になった気分でいると、あとがきのページで「雪那さん、ここまで読んでくださりありがとうございました！」と、それまで私を甘やかした物語がふっと他人の顔で深々とお辞儀をして、さぁ早くここから出てゆけ、と突き放す。それから夢小説でも名前は空欄のままで読むようにした。

名前欄を飛び越えて〈読む〉ボタンを選択すると、他の夢小説サイトよりも地の文が多く、記号が少なく圧縮された文体で、別の死刑執行人の家系の跡取りとの決戦を目前にしたアレックスと、革命期以前から付き合いのあった女性傭兵騎士とい

う設定の ##NAME## が、彼の山小屋の前で薪割りをしながら、互いの恋心を確かめ合う話が始まる。ここでは主人公と ##NAME## のふたりしか存在せず、原作のヒロインの影すら感じさせない。

アレックスは ##NAME## に触れない。昔から、多くの人間を殺めてきたその手で愛する人に触れることがゆるせない。これは原作の設定だった。その代わりに、薪を割るリズムに合わせて彼女の名前を呼ぶ。そのようすを見ている ##NAME## は、一族や時代に翻弄された彼を思って相槌を打つ。##NAME##。何。##NAME##。うん。##NAME##。はいはい。原作にもないふたりだけの文法で夢小説が進む。「夜もすがら」を運営するｒｉｃｏさんはサイトのデザインにも趣向を凝らして、作品ごとにサイトの背景色や文字色を変更して夢小説を発表している。この作品は背景色を白に、文字色は淡いグレーにして、##NAME## たちが包まれている、異国の田舎の冬を表現していた。

アレックスに恋をしているというより、原作にない彼の呼吸を読んでいたいという方が適切だった。原作にもヒロインとの恋愛要素や日常パートはあったけれど、必ず何かしらの戦闘が始まる。そのための日常であり、ヒロインはアレックスが戦うための動機としていつもあっけなく拐《さら》われる。ｒｉｃｏさんの書く##NAME##にはそれがなく、むしろ##NAME##のためにアレックスが装置として動いているようでもあった。

画面の上部に新着メールの通知が表示される。「戻る」ボタンでページを閉じてメール画面に移動すると、送信主は「みさのちゃん」、タイトルは〈無題〉のままだった。

〈ゆき今日はどぉだった？　みさは完全に落ちたかも。

次の演技レッスンのあと、ふたりでごはん食べょ！

来週休みだから、再来週ねっ。

てか、早く撮影会一緒に出たぃ！

沖縄、めっちゃきれいだったょん。マミさんも一緒でたのしかったなぁ。

昔ゆきに那覇の漢字教えてもらったから、みさが那覇って書けることにスタッフさんみんなびっくりしてた！　ありがﾄｼ〉

昔ほど激しい変換のない文面をスクロールすると、海水に濡れたセーラー服衣装を体にぴったりと張り付かせた美砂乃ちゃんが、真っ白な砂浜の上でアイスキャンディを舐めながらピースをしていた。セーラー服からは、私が小学生の頃にレッスンシュートで着たものと同じスクール水着が透けている。

ふと次の駅を確認しようとドアの上にある電光掲示板を見遣ると、座席の上に貼られている高校受験塾の広告に写った、黒いセミロングヘアの女の子と目が合ってしまう。中学に上がっても私は撮影会に呼ばれず、CMや広告のオーディションの書類審査ばかり通るようになった。しかし、その先の仕事がない。お母さんは書類が通っているだけで及第点だと声をかけてくれるものの、選ばれない原因がわからずひたすら不合格の報告を受け、選ばれた別の女の子が出るCMや広告を見ることが増えた。なるべく外を歩く時は広告と目が合わないように過ごしていた。それでも塾や予備校のポスターは学校でもパンフレットが配られることがあり、どこにも逃げ場がなかった。美砂乃ちゃんはレッスンだけではなく撮影会や個人仕事で沖縄ロケまでして、追いつけないところまで行ってしまった。私だけが、ずっとここで漫画や夢小説を読んでいる。

広告の女の子と合ってしまった瞳をまぶたで覆い、想像した。バスケ部を続けて、みんなと仲良くしているようすや、中学受験をしないであのままミラクルの面々とたくさんレッスンを受けて、撮影会やミラフェスに出て沖縄に行く場面。正直、水着なんて着たくない。でもひとりぼっちになるよりましだ。クラスの誰でも知っているテレビ番組のオーディションに合格して、バスケ部のみんなが私に「あれ、観たよ」と朝の挨拶がわりに微笑みかけてきて、仕事の帰りに美砂乃ちゃんと買い物する。そういった一瞬一瞬を思い描く。私には想像しかなく、想像だけがあった。

家で印刷してきた地図を広げながら「拙者、親方と申すは」と私が切り出すと、美砂乃ちゃんが追いかけるように「お立ち会いのうちにご存じのお方もござりましょうが」と続けた。おばあちゃんと同世代くらいの演技レッスンの先生から「外郎《ういろう》売《うり》」のプリントをもらってから、ふたりで一緒に覚え始めた。正確には私が先に覚えきり、まだ今のところ美砂乃ちゃんはところどころ危ない箇所があるので助けながら暗誦する。同じ言葉をふたりだけで唱えるのは楽しかった。お母さんや学校の子たちの知らない秘密の暗号を確かめ合っているようで。

照り返しも色彩も激しい渋谷のセンター街を進んで、この日もオーディションの会場に向かった。人混みを抜けると急に人のいない道が広がって、大きな放送センターが見える。来年春から始まる地上波の学園ドラマの生徒役オーディションだった。今日もマネージャーはいない。入り口にオーディションの方はこちら、と書かれた看板があり、その矢印の方向に進んで、受付に名前を書き一五五と一五六と記された番号札をもらい、通された先の控室でA4用紙一枚分のセリフ台本を配られた。ドラマのワンシーンから抜粋した、まなと唯香《ゆいか》というふたりの中学生の女の子がクラスの子の噂話をする掛け合いだった。今回の控室は声を出してもよさそうで、既に来ている他の女の子たちは壁やセリフの書かれた紙に向かってセリフを読み上げ、いろんな演じ分けを模索していた。ハンドタオルで額や首に垂れた汗を拭いてから、私たちは、まず美砂乃ちゃんがまな役、私が唯香役で掛け合い、それから役を交換して、もう一度掛け合いをする。

「こういうの初めてだね」

セリフの書かれた紙から顔を半分出して、声をひそめてこの前と同じ白いチュニックを着た美砂乃ちゃんに呼びかけた。私は制服のスカートに、イーストボーイで買った白い半袖のシャツを着てきた。オーディションの時は白いシャツの方が印象がいいはず、とお母さんが買ってきたものだった。学校のものより薄い生地で、下着が透けないようにインナーキャミソールを重ねていたので、熱がこもっていつまでも汗が止まらなかった。

「ね。すごい」美砂乃ちゃんも周囲を気にして、顔を近づけて言った。

「がんばろうね」

ふたりの間にぴん、と白い紙が立ち上がる。美砂乃ちゃんが紙を戻して、セリフの練習を再開した。私もおしゃべりをやめて、練習に戻った。他の女の子たちの声やセリフの言葉のおかげで「そこにない視線」はいくらかかき消されていたけれど、今度はそれらに埋もれてしまいそうな気がして、私は美砂乃ちゃんにちゃんと聞こえるように少しだけ声を張って発声した。三回ほど役を交換すると、さすがに汗も引いた。

やがて係の女の人がやってきて、水を打ったように控室は静まり返った。一五一番から一五六番までの方、移動の準備をお願いします、と呼ばれる。呼ばれた番号の女の子たちはいそいそと荷物をまとめて、髪の毛を手櫛で整えたりリップクリームを塗り直したりする。私たちもそれに遅れないよう支度をして、廊下に出て一列に並ぶ。扉の前で全員が次々と失礼します、失礼します、失礼します、と挨拶して、みんな椅子の前に立っている。手を組んでいたり、肘をついていたり、ふたりずつ三組で並んでいる私たちの目をじっと見つめたりする大人とハンディカメラが、長机の向こうにずらっと並んでいた。まず一人ずつ自己紹介をする。みんな新体操とかけん玉とか空手とか、何か特別な一芸を持っていてそれを披露してゆく。私の左隣に座っていた美砂乃ちゃんが順番通りに立ち上がり、「ミラクルロード所属、金井美砂乃、中学二年生の十四歳です。趣味はメールで、特技はどこでも寝られることです」と言って、淡々とお辞儀をして座った。あれこれと自分のことを飾り立てなくても、美砂乃ちゃんはこの場でいちばん光って見えた。その猫のような横顔をじっと眺めていたら、はい、次！　と向こう側にいる人から呼ばれた。

　夢から覚めたように立ち上がって「ミラクルロード所属の石田せつな、中学一年生の十二歳です。特技はピアノと英語です。二次審査に呼んでもらってうれしいです、がんばります！　よろしくお願いします！」と、深くお辞儀をする。いつも通り、お母さんが今日のために考えた呪文だった。ふ、と向こう側に座っている白髪のおじさんが微笑んだ。私はこうして、ただ漫然と続けている習い事を特技と言い張ったりお母さんの言う「愛想」を装備したりしないと、認識すらしてもらえない。

それからふたりずつ課題のセリフを掛け合う。どうやら役は固定で、美砂乃ちゃんがまな、私が唯香と、最初に練習した通りだった。

まな「ねー、聞いた？　タツヤとミカ、付き合ったんだって！」
唯香「まじー？　まぁでも、この頃いい感じだったもんね」
まな「あーあ、うちらにも彼氏できないかなぁ。青春って感じのこと、ないよねぇ」
唯香「このままだと色気より食い気担当になっちゃうよ」
まな「担当ってなんだよ。でも否定できなくて悲しい」
唯香「あ、噂をしていればミカじゃん！」

放送センターの出入り口で日焼け止めを塗り直しながら、美砂乃ちゃんからイチマルキューのアクセサリーショップに行こうと誘われた。私はようやく酸素の薄いところから生還できたような気分だったのに、美砂乃ちゃんはオーディションの前も、その間も、今も、あまり変わらない調子ですたすたと放送センターを出てゆく。私はその後をついてゆきながら、ふたりとも受かればいいね、と言った。広告やドラマのたった一人の主役を選ぶものではなく、今回は学園もので一斉に行うオーディションだったから、ありえなくもない話だった。美砂乃ちゃんは別にまぁ、受かればね、とからからに乾いた返事をして、宇田川町を通ってセンター街を進み、一刻も早くイチマルキューに向かおうとしていた。

オーディションって何がだめだったかわからないから難しいよね、顔がだめなら書類で落としてほしいしさ、こういう子がいいんですってはっきり言ってくれないのずるいよね、先に教えてくれれば対策するのに。私は息を切らして、美砂乃ちゃんの後ろ姿に話しかけた。美砂乃ちゃんは歩くペースを落とさず、けれど「みさはわかっててもたぶん、無理。合わせきれないと思う」と応えてくれた。

「そうかな。美砂乃ちゃん、かわいいのに」

「かわいい子って、びっくりするくらいいっぱいいるよ。今日もウジャウジャいたじゃん」

確かに、どの女の子も学校にいたら誰もがじっくり見惚れられていそうな子ばかりだったけれど、その中でも美砂乃ちゃんはずっと私の目を惹きつけ続けていた。美砂乃ちゃんは特別という意味そのもののようだった。「オーディションだからいっぱいいるだけじゃない？」と問いかけると、美砂乃ちゃんは振り返って、ゆきはまだ知らないだろうこともすべてとっくに知っている、とでも言いたいような表情で「いや、どこにでも、いっぱいいるよ。みんなかわいい。かわいいなんてふつう」と私を鼻で笑った。

水の底のように冷房が効いたイチマルキューの中に入って、いろんな音楽と照明と匂いが綯《な》い交ぜになった空間をエスカレーターで上がり、美砂乃ちゃんが気になっていたというアクセサリーショップに寄った。店の壁まで隙間なくきらきら光るアクセサリーが展示されている。美砂乃ちゃんはひとつ三百円のイヤリングを何度も何度も耳に当てて、時にはこれはゆきに似合う、と言って私の耳にも当てて、店の隅から隅まで物色したのに、結局ひとつも買わなかった。

「買わないの？」

一番美砂乃ちゃんに似合っていた、淡い水色のファーポンポンがついたイヤリングを手に取って言った。あー、最近金欠なんだよね、と呟いてから、長い髪の毛先の枝毛を探しながら「てかさ、ゆき全然撮影会来てくれなくない？　最近やたらとりのと一緒でほんとだるいからさ、早く一緒に出ようよ」と言った。

私はイヤリングを戻した。こういう時、髪が長いとあんなふうに枝毛を探しながら視線を逸らせるのは、便利そうでいいなと思う。けれどやっぱり、小学生の時の、レッスンシュート終わりの頭皮の痛みを思い出すと、伸ばす気にはなれなかった。

「ごめん、私、オーディション受けてくしかないっぽい」

美砂乃ちゃんは枝毛を触っていた手を止め、ゆっくりとこちらを見上げた。ミラクルでの序列は明確で、ソロイメージビデオを出せたり「制服シスターズ」の人気ランキング上位になって何度もレッスンシュートに呼ばれたり、美砂乃ちゃんのようにファンがついている子が評価され、地上波だろうと大広告だろうと、砂粒ほどの小さな可能性しかないオーディションを受けるしかない子は、ミラクルの中で立場がないにも等しかった。私はファンレターなどもらったことがなかったし、中学に上がってからレッスンシュートにも撮影会にも呼ばれない。ただ理由もわからず知らない人に選ばれないばかりの毎日を送って、そうして事務所は私が挫けるのを待っているのではないかと思うほど、私の日々にはレッスンとオーディション以外に何もなかった。

店内の激しい照明と曲名を知らない洋楽の中で、美砂乃ちゃんは消えてしまいそうなくらい細い声で何かを呟いた。え？　と私が一言近づくと美砂乃ちゃんは顔を上げた。

「ごめんね。みさ、ゆきのこと全然考えられてなかった」

ごめんね、ゆき、ごめんね、とぶつ切りの言葉を瞳いっぱいに浮かべて、美砂乃ちゃんは私の顔を覗き込んで、私の手を握った。美砂乃ちゃんの細い手首から、小学生の頃に巻かれてあったミサンガがなくなっていた。

「そんなに謝らないで、いいよ」

「ううん、ごめんね、ゆき」

美砂乃ちゃんから「ゆき」と呼びかけられるたび、オーディションのことや学校のことから、ひとつひとつ解き放たれてゆく。美砂乃ちゃんは頑固でわがままだけど、ずっと変わらずやさしかった。こんなに謝ることじゃないのに、と思いながらも、何度も私に呼びかけてくれるので、いつまでも私は美砂乃ちゃんの手を握り返していた。

二週間ほど経って学校が始まった頃に、ＣＭの方の合格連絡がミラクルロードに届いた。それから、狭山さんがお母さんに電話で結果と衣装合わせや撮影スケジュールの連絡をし、夕食後のお母さんはパソコンデスクから飛び上がって、皿洗いをしている私にそれを伝えた。

お母さんの前で少し喜んでみた。けれどその瞬間から針で突かれたようにベールが弾け、生まれ変わったように世界が美しく見えることはなかった。変わらず毎朝起きれば携帯には剝き出しの〈死ね〉が降り積もっていて、学校ではひとりで過ごし、ひとりで家に帰って、その間にも〈変態〉と書かれたメールが飛んできた。まだ受かったばかりで撮影もしていないのだから、現状が変わらないのは当然だと言い聞かせて、平日を過ごした。息継ぎできないまま過ごしているような気分だった。学校から帰ってきて、ちょっと大げさに萎びた表情でお母さんに事務所を辞めたい、と打ち明けてみた。お母さんは玄関に荷物を置きながら「どうしたの？」と私の顔を覗き込んで言った。

どうしたの？　なんて訊かれるとは想定していなかったので固まってしまった。もっと有無も言わせない勢いで否定されると思っていたから、言葉をまともに耳に通さない心の準備ばかりして、説得する文章をひとつも持たないままでいた。学校に行くと呼吸が浅くなること、カメラのレンズを向けられる時の孤独感、シャッター音、フラッシュ、中傷してくるバスケ部の子、じろじろ見てくる男子たち、情報の授業で名前を検索されていろんな同級生にばれたこと、声、ヘアスプレーの臭い。それらが煮込みすぎたカレーのように境目を失っていて、説明しようとすると私の中の助詞が凍りついてしまって、「なんかずっと、つらくて。学校とか」と手当たり次第に思いつく単語を言うことしかできない。お母さんは、えっいじめられてるの？　と再び私の顔を覗き込んだ。いじめ？　そういう言葉で連想しうる、たとえばトイレでお弁当を食べていると水をかけられたり、殴られたり蹴られたり、靴の中に画鋲が入っているようなことはなかった。オーディションやレッスンで練習に参加できずすぐに辞めた私を、バスケ部の面々が無視したり中傷するメールを送ってくる。クラスメイトは話しかけてこないけれど、こちらが話しかければ返事はしてくれる。嫌がらせをする子としない子がいて、しない子がする子を窘《たしな》めないだけだった。

「いじめられてるわけじゃないの？」お母さんは怪訝そうに訊いた。わかんない……。わかんないことなくない？　メールが来る。どんな？　変態、とか、死ね、とか。誰から？　バスケ部の子から。叩かれたり、何か壊されたりしてる？　それはない。そう私が応えると、お母さんは鼻で笑って「なーんだ」と高らかに笑った。「もう辞めたんだし、いいじゃん。どうせ嫉妬だよ、雪那がかわいいから。ＣＭだって受かったんだし、これからどんどん見返していけばいいじゃん」

それからお母さんは饒舌になる。お母さんの時代なんかもう、本当に酷かったんだよ、女の子なんて関係なしで、親も先生も先輩も後輩も殴る蹴る、部活では水飲むの禁止されてて、今なんて熱中症で大問題になるでしょ？　でも昔はダメだったから床を拭く用の濡れ雑巾を先輩に隠れてじゅうじゅう吸ってたんだよ、そうしないともう、死にそうでさぁ。片づけの途中に見つけたアルバムのページを捲るように、お母さんは私の知らない世界を甘くうっとりした表情で話し出した。お母さんが昔話をするともう止められなかった。八〇年代アイドルや彼・彼女たちのゴシップ、荒れていた高校の話、父親（私にとっての祖父）に口答えをしたらヘアアイロンで腕を焼かれた話、百貨店の受付嬢をやっていた頃に出くわした珍客、何度かやった読者モデルの仕事など、そのセットリストを変えて繰り返し話し直す。

いつもならお話の嵐が過ぎ去るのを待ち、夕飯時になるか、常時リビングでつけっぱなしにしているテレビがお母さんの好きな番組を始めるか、お母さんが話し疲れるかで終了し、それまで話していたこともリセットされた。けれど説明できないわりに私の決意は固く「水着の写真を撮られるの、嫌だ」と話を遮ることに成功した。ひょっとしたら初めて私はお母さんの話を中断させられたかもしれない。鳩が豆鉄砲を食ったよう、というのはこんな表情なのかと思う表情で、は？　とお母さんは言った。

「水着が嫌なの」

「お腹出てないじゃん。出てないものにしてくださいって、お母さんちゃんと狭山さんに頼んだよ。そもそも、最近全然レッスンシュートに呼ばれてないよね？」

「ちがう、そういうことじゃなくて」

「『ちがう』って言わないで。お父さんみたい。本当にみんなすぐそう言う」

呆れた表情でお母さんはしたしたとスリッパをフローリングに引きずりながらリビングへ歩き、縦長のパソコンデスクの前に座った。私はお母さんの後ろについていき、食卓の椅子の下に鞄を置いて冷蔵庫からお茶のピッチャーを取り出し、グラスに注いで一気に飲んだ。学校帰りでお腹もそれなりに減っていて、食卓の椅子に座ってテーブルの隅に置かれていた惣菜パンに手を伸ばそうとすると、idobata会議のページを開いたディスプレイに向かってお母さんが語りかけた。

「雪那がお仕事やりたい、役者さんになりたいって言うからお母さんがんばってたのに」

パンの袋に指先が当たり、ぺさっと音がした。そんなこと言った？　私は手をテーブルの上に置いて俯いた。

美砂乃ちゃんほど強烈ではなかったけれど、小さい頃の私は、とりあえず素敵な誰かやものに出くわすと「あんなかんじになりたい」や「あれっぽいことやりたい」といった感想がやわらかく湧き上がってきたから、きっと他にも「なりたい」何かが思い出せないほどあった。ミラクルロードに入所してからは、面接官やお母さんの前で将来は何かそういった職業の人になりたいと願ったりそう宣言したりすることが、寝る前におやすみと挨拶することとさほど大きく変わらない習慣だった。そもそも何か雷に打たれたように思い立ってみずから芸能事務所に応募したわけでもなく、冬休みに家族でお台場に遊びに行った時にスカウトされそのままミラクルロードに入所して、いつからこの「なりたい」の習慣が始まったのかもわからない。

お母さんは続ける。「嫌かもしれないけど、みんな通る道って狭山さん言ってたよね？　ねぇ、ドラマの主演やってる樫田《かしだ》ゆう子ちゃんだって、小学生の時は水着やってたんだよ。そういうことも乗り越えなきゃいけないの。あのね、雪那は受験の時、もう勉強でいっぱいいっぱいだったからお母さんあえて言ってこなかったけれど、あの時雪那の立場って危なかったんだよ。だから今回、せっかくこんなすごい、そう、すごいチャンスを摑めて、やっとここからなんじゃないの。第一志望落ちて、学校もうまくいってなくて、バスケ部も辞めて、レッスンシュートも撮影会も呼ばれない、水着は嫌、お腹出ない水着も嫌、やっと受かったお仕事も今ここで辞めちゃったら、どうするの。なんにもできないまま、なんでもなくなっちゃうよ。雪那がなんでもなくなっちゃわないようにって私、私だけががんばって……」

ミシンの音のように切れ目なくそう言うと、お母さんは胸に溜まった息を一気に吐き出した。それからずっ……ずずっ……と音がして、徐々にその音のペースが上がりお母さんは両手でまぶたを覆った。私は立ち上がろうかと思ったが汗をかいている尻も背中も椅子から引き剝がせず、座ったままお母さんの背中を見つめて、「わかってたよ、人気ないことくらい」と呟いた。でも頑として意志を貫けるわけでもなく、もう少しだけオーディションをがんばろう、という話に落ち着いた。何かがどうにかなるまで、もう少しだけ。それでもどうにもならなかったら今度こそちゃんと辞めよう。不服そうだったがお母さんはそう言った。何が果たされなければどうにもならなかったことになるの？　なんでもなくなった私はどうなるの？とは訊けなかった。

それでも話が通じたことに安堵していて、私は翌日、いつもよりかるい足取りで担任教師に欠席届のプリントをもらいに行った。帰宅してすぐに欠席理由と書かれた欄に馬鹿正直にボールペンで「ＣＭ撮影」と書いてしまうほど、オーディションに合格したことを私はそれなりに喜んでいるようだった。しかしパンに青黒いカビがぽつぽつと生えるように、恥ずかしさに一度気づいてしまうと、それらはわっと広がってどうにも居たたまれなくなった。ダイニングの引き出しから修正テープを取り出し白いテープで文字を覆い、その上から「芸能活動」と書いた。芸能という言葉は私に染み付いていなくて、ニュース番組でアナウンサーが巨大すぎるあまり全体像の見えないかなしみを物々しく伝えたあと、そんなことはなから知らないとでも言いそうな満面の笑みで伝える、噂話の総称のようだった。

保護者の名前欄だけ残して、食卓のお母さんの席の前に記入済みのプリントを置いた。お母さんは友人が起業した会社で事務のアルバイトをしていて、ここ最近は家にいないことも増えた。特に私が事務所を辞めたいことを伝えてから、お母さんはアルバイトに精を出し始めたらしく帰宅が夜七時を過ぎるようになり、家の中の気圧が安定していた。夕飯は冷蔵庫の作り置きを食べたり、多めにもらっていたお小遣いで買って済ませたりしていて、撮影が決まってからはスーパーの惣菜コーナーでサラダを二つ買い、冷蔵庫の中にある味噌汁と一緒に胃を膨らませていた。常にお腹が空いていたが、足りない時はスッパイマンを口の中にいれてやり過ごし、ベッドの中で「夜もすがら」のページを開く。最近、初めての長編連載が始まった。

十一歳になり、初めて罪人を処刑したアレックスは、修行通りに執行できず罪人を苦しめてしまった後悔と恐怖で眠れなくなり、家の外へこっそり抜け出していた。身寄りがなく、道端で行き倒れていたところを傭兵騎士団に拾われた十二歳の##NAME##は、雑用として夜まで団員たちの衣類の洗濯に出かけるふりをして、パンとミルクを盗み出し街を徘徊していると、路地裏で震える膝を抱えて俯いているアレックスを見つけた。
アレックスは ##NAME## を見るやいなや「断頭台の亡霊だ！」と悲鳴を上げた。興奮して泣き出した彼にパンとミルクを分けてやってどうにか落ち着かせると、アレックスは途切れ途切れに語り出す。食用の豚の首を刎ねて修行していた時はなかったのに、いざ本物の人間の上に斧を振り上げると、断頭台から罪人のものではない声が聞こえてきた。それに気を取られて一振りで処することができなかった。僕は罰を下す死刑執行人なんかじゃなくて、いくじなしで罪深い人殺しなんだ、と ##NAME## に告解するように打ち明けた。

両目にいっぱいの涙を湛えた彼に、ハンカチの代わりに団員の男の下着を差し出して「君がさっき食べたパンとミルクは私が団の食糧庫から盗んだものだよ」と、##NAME## は言った。「団の奴らはね、私を騎士に育てる気はない。別の仕事をさせようとしている。きっと酷い仕事だよ。言葉にしたくないようなこと。でも、そんなことをもくろんでいる一方で、明日の朝、いつものように食糧庫に入ってパンとミルクが足りないと気づき、私が犯人と判明したら、偉そうに道徳でも説いてくる。そんなもんだよ。だからあんまり罪とか罰とか気にする必要ない。潰れちゃうよ」

さほど自分と年齢の離れていない ##NAME## を取り巻く世界に、アレックスは傷ついたように固まってしまう。##NAME## は続ける。「それにその仕事って、君が選んだわけじゃなくて継がなくちゃいけなかったものでしょ？　君が言う罪って、君が背負うものじゃなくない？　背負うべきなのは、君の一族で、この国で、世界だと思うけど」

さっぱりとした言葉に、アレックスの目の色が変わった。「これが僕の役目なんだ。僕の仕事を、僕を侮辱するなっ」と、アレックスは ##NAME## に摑みかかるが、##NAME## はかろやかに受け身を取って、そのまま体の小さなアレックスを組み伏せてしまった。##NAME## は剣を握ったことがなかったものの護身術を体得しており、アレックスは斧を持っていなければその才も光らず、ただの華奢な少年だった。

役目なら、いちいちまともに傷ついてどうするの。##NAME## は地面に腹を見せているアレックスを見下ろして言った。アレックスの瞳には ##NAME## が果てしない夜空を背負っているように映っていた。

二〇一五年　五月

一限の基礎ゼミでドキュメンタリー映画を観ることになった。担当の教員はなんの事前説明もなしにチャイムと同時にすたすたとやってきて、後ろからついてきたTAの女性にDVDプレイヤーを操作させ、その間に自分はスマホをいじりながらプロジェクター用スクリーンを天井から繰り出し、小太りの体を椅子に押し込めた。

その映像は国策で避妊・中絶を制限したチャウシェスク政権下のルーマニアで大量に産み落とされ、三歳の時点で発育不全の孤児たちを十八歳まで外に出さずに収容した「病院の家」内部を映していた。写真の中の彼、彼女らの手足は乾いた小枝のように細く、粥を瓶から飲んでいたり、排泄物で汚れたベッドの上で下着もつけずに死んだように眠っていたり、取材のカメラを見つめている少女がHIVに感染していることなどを説明する英語の音声が流れる。健康状態がよくない子供は老人介護施設へ移されるが、ほんの少しでも体を動かせると健康優良と判断され、ろくに教育を受けさせてもらえないままそれまで格子で遮断されていた外界に着の身着のまま追い出され、寒さから逃れてマンホールの下に身を寄せ合って暮らし、地上に出ては窃盗をしたり観光客相手に売春をしたりして糊口をしのぎ、その中で子供を産んだ者もいる。子供の多くは母子感染でＨＩＶと貧困を受け継ぎ、また犯罪と、セックスツアー客相手の売春が繰り返される。マンホールの下は、ルーマニア、いやもはや東欧の地下世界を支配する巨大マンホール帝国とも呼べるだろう、と英語の音声から数秒遅れて日本語字幕が表示された。

現在、マンホール帝国は閉鎖され――と字幕が出ると、音声をかき消すほどの大音量のチャイムが鳴った。ＴＡの大学院生が手際よく教室のスピーカーの音量を下げ、プロジェクターの映像を止めて電源を切る。君たちはこれを観てどう思いますか、来週までにこれについてレポートを書いてくるように、と教員はスマホを触りながらチャイムが鳴り終わるより早くそそくさと教室を出て行った。

いやレポートって何書けばいいの？　感想しか書けん。感想とレポートの違いって何？　先生雑すぎない？　ゼミ選び失敗した説。あの先生飲み会でセクハラしてくるらしいよー。まじ？　先輩が言ってた。きっも。闇が深かったです、としか言いようがないんですが。朝から超重すぎんか。不満と戸惑いが小さな泡となり、ぷつぷつと噴き始める。しかし沸騰する前におのおの必修の第二外国語の教室へ向かわなければならず、大きな滾《たぎ》りになる前に移動中に萎《しぼ》むように収まって行った。私もそうだった。フランス語の授業を取っている尾沢さんと一緒に、まだまだ全体像を把握できていないキャンパス構内を時間内に移動するのに精一杯だった。

尾沢さんとはＢＬ研究会も同じで、彼女は中学生の頃から小説を書いて地方の新聞社が主催する賞に応募して賞を獲ったり、高校二年生の時に大手出版社の新人賞で最終選考に残ったりして、大学にはその実績で自己推薦で入学したそうだ。一浪してなんとか合格できた私とは、きっと何か出来というか、つくりが違うのだろう。二次創作は息抜きや練習で書いているのだと話していた。次の教室の番号を時間割アプリを開いて確認していると、さっきのみんな酷くない？　と尾沢さんがルーズリーフやテキストを詰めたリュックを体の前で抱きしめるようにかかえながら言った。

「高校の時に海外研修でカンボジアに行ったことがあって、さっきのストリートチルドレンみたいな子が集まる孤児院のボランティアやってたからさ、ああいう闇を他人事に思えないんだよね。朝から重いって、さすがに酷すぎる」

尾沢さんが小教室のドアを開け、その後ろについて私は教室に入った。話し声が教室いっぱいに満ちていて、座れる場所なんてないような気分になる。「すごいね。私海外に行ったの、もう昔すぎて記憶にない。ホノルルに行ったらしいけど、何ひとつ覚えてない」と返すと「そんなに？　旅行の記憶って嫌でも頭に焼き付くものじゃない？　海の色とか街とか言葉とか何もかもが違っているのに」と尾沢さんは私の後ろの席に座りながら呆れて笑った。

「だって、小二の時だよ。物心がつく前のことだから」

「いや、小二なら物心ついているでしょ」

そう言って尾沢さんは〈物心　いつ〉と検索した結果のサイトを開いたスマホをこちらに向けた。〈世の中の物事がわかる年頃になる。幼年期を過ぎる〉という辞書の説明の下に、idobata 会議のサイトが続いて、トップ回答の冒頭がつらつらと表示される。〈三歳から四歳くらいではないでしょうか。私の娘の場合で（続きを読む)〉〈三歳前後。だいたい言葉を覚え始める時期に家族や友達との付き合（続きを読む）〉〈私も三歳です。最初の記憶は当時の家にあったサンキャッチャーが〈続きを読む）〉〈私は小学一年くらいにポケモンの映画を観に行ったことをものすご（続きを読む）〉スマホの画面をオフにして、尾沢さんは「ね？　さすがに小二はないって。忘れているんじゃなくてちゃんと思い出してないだけだよ。ホノルルがもったいない」とリュックからフランス語のテキストとルーズリーフを出して言う。

小学校二年生どころか、ミラクルロードに所属する前のことのほとんどが境界を失って融け合っていた。思い出そうとしても、所属してからの日々が記憶の中でしこりのように硬結して、それ以前への遡及を遮っている。そのしこりは四角くもあり球体でもあり、呼び名のわからない形をしていた。

私が思い出せる真っ青な海のイメージには美砂乃ちゃんの影がこびりついて離れなくなり、私や私の家族の像がいつまでも結ばれなかった。スクール水着を着ていたり、ビキニだったり、縫製の甘いコスプレ用の制服衣装を着ていたり、イオンの売り場にありそうな異素材を継ぎ接《は》ぎしたデザインの私服だったり、ファンからもらった高い服を着ていたりと、さまざまな姿でいる美砂乃ちゃんは、音のない白い砂浜の上で、するどい照り返しを肌から吸い込んでさらに強く発光していた。

先のことはわからないけど、少なくとも今まで、美砂乃ちゃんはお金を払ってカンボジアに人助けしに行ったことはないんだろうな、と思う。それは美砂乃ちゃんが他者を慮れない人間だというわけではなく、そもそもカンボジアがどこにあって、どんな海が広がっていて、どんなことが起こった国なのかを学べるほどの余裕に包み込まれていたように、どうしても思えなかったから。

私が退所したあとも、美砂乃ちゃんは毎週末、休むことなくあの明滅の中へ働きに行き続けていた。高校生になってからはたまに週刊誌の表紙やカラーグラビアに出ていた。けれど、やがて雑誌では見ることがなくなり、ソロイメージビデオやデジタル写真集をたくさん出して、成人しても「制服シスターズ」で用意された水着やコスプレ衣装を着て、アイスキャンディを舐めながらカメラに微笑み続けていた。もう子供じゃないんだから、狭山さんたちがやたらとアイスキャンディをくれたのは、それが男性器や性的な行為を連想させるからだとさすがに気づいているはずなのに。

二〇〇八年　九月

午前中に恵比寿のスタジオで演技レッスンを受けたあと、物々しい表情で狭山さんがやってきて、みんな、前略プロフィールやってる？　とその場にいた私と美砂乃ちゃん、りのちゃん、そして小学生のメンバーたちに訊いてきた。小学生のメンバーの中には前略プロフィールのことじたい知らない子もいて、何それ？　と美砂乃ちゃんに抱きつきながら訊いていた。美砂乃ちゃんとりのちゃんと私は降り始めの小雨のように、やっていません……私も……あっ私も……とばらばらと答えた。狭山さんは笑顔に戻り「あんなのはね、素人の子供がやることなんだよ。みんなはそうじゃないよね？　ミラクルの一員だってこと忘れちゃだめだよ。子供じゃないんだから、プロだっていう自覚を持って」と言って、どかどかと足音を立て扉を叩きつけるようにしてスタジオを出て行った。

なんとなくその場の流れで美砂乃ちゃんからごはんに誘われて、スタジオを出てふたりでふらふらと恵比寿駅西口のロータリーに出た。銀行の近くにあるドトールに入ろうとしたが満席だったので、仕方なく美砂乃ちゃんは抹茶ラテのSとレジ横に売られていたバウムクーヘンとクイニーアマンを、私はアイスティーのSをテイクアウトし、さらにとぼとぼ街を歩いて恵比寿公園まで来た。この公園はレッスンシュートや撮影会でたまに使われていてふたりとも勝手を知っており、穴の開いたトンネル型の遊具の中なら、日焼けを気にせずものを食べたり話したりできると踏んで選んだ。

奇声を上げながら公園内を駆け回っている子供たちがいたが、日光を避けトンネルの中でパンを貪っている中学生にちょっかいをかける勇気は彼らにないようで、穴の上から私たちを見下ろしては、何も見なかったような表情ですっと離れて行った。車の音や人の声がどこか遠くに聞こえるその中で、美砂乃ちゃんは「こっちの方が日に当たらないよ」と、私を涼しい日陰の方に寄せてくれた。

ゆき、食べないの？　とバウムクーヘンの食べかすをデニムのミニスカートから伸びる太ももの上に落としながら美砂乃ちゃんが訊いてきた。「ドトールのミラノサンドが好きなんだけど、マックみたいにポテトがないから全然足りなくてさ、じゃあちょっと安いパンとか甘いのとかいっぱい買おうってなっちゃうんだよね。これはこれで好きだけど。甘いパンやケーキを食べる時は、牛乳系の飲み物が最高」と、にちゃにちゃと咀嚼しながら、齧って視力検査の上向きのCの形にしたバウムクーヘンをこちらに差し出した。えくぼの裏からぎゅっと出てきた唾液を飲み込んでから「事務所でおにぎり食べちゃった。最近太っちゃったし」とバウムクーヘンを遠回しに断った。撮影があるから、とは言えなかった。

「そんなの、みさもだよ~?!」と美砂乃ちゃんは二の腕のうすっぺらい肉をつまんで引き伸ばす。ほとんど皮だった。それに対抗して、いやほら、この肉、見て、そんなの太ったって言わないから、と私も七分丈カットソーの袖を捲って自分の二の腕を見せた。肥満というほどではなかったけれど、中学に入り月経が始まってから、以前より脂っこい食べ物や甘い匂いが鼻腔に染みるようになり、皮下脂肪が私を煽るようにぶにぶにと体にのしかかってくるようになった。たくさんの我慢をしてやっと美砂乃ちゃんやオーディション会場で見る他の事務所の子たちに近づけた。ほら、ここも肉がやばい、とカットソーの上からお腹の皮下脂肪もつまんだ。儀式のように、私たちは体中の皮下脂肪をひとしきりつまんで見せ合った。

「みさ、元々そんなに太りやすくはないんだけどさ、最近さすがに顔や脚がデブってきたなーって思う。撮影会で下の子たちと一緒にいると、みさだけなんか違う」

小学生の多い撮影会の中で中学二年生の美砂乃ちゃんは、うんと年上のカメラを提げた男たちから「姐さん」と呼ばれているらしく、美砂乃ちゃんもその呼び名通りに振る舞っている。水着衣装も昔のようにスクール水着やレオタードではなく、大人が着るようなビキニになった。お腹や胸元を出していると、年少のメンバーが恥ずかしがって目を合わせてくれない。美砂乃ちゃんはこうして同じ中学生である私と話すのが気楽だと、疲れたようすで言う。

さらに先月の八月末で中学三年の代の所属メンバー五人が一斉に退所し、中学生メンバーが美砂乃ちゃんと私、そしててりのちゃんの三人だけになった。高校受験を理由にしていたが、全員前略プロフィールをやっていたためミラクルロードから厳重注意を受け、それに反発したメンバーが自主退所したのだと言う。初めて聞く裏話に私が目を丸くして驚いていると「みんな、真面目にやれって話」と美砂乃ちゃんが言う。

「美砂乃ちゃん、リアルもやってないの？」

「やってるわけないじゃん。みさね、まだ情報解禁してないんだけど、これから事務所に公式サイト作ってもらうことになってんの。それと一緒に公式ブログも始めるって言われてて。それもあるからやらない」

手の中に隠した綿毛をそっと見せるように、自慢げだけど突き放すわけではなく、美砂乃ちゃんは声をひそめて打ち明けた。そうなんだ、と言いながら私はアイスティーのストローに口をつける。私は公式サイトやブログを作ってもらう以前に、この事務所がそんなものを企画していたことも知らず、リアルという、ブログより気軽に短文投稿ができる、ツイッターの前身のようなサービスに自分で登録していた。

「ゆき、やってるの？」

うー、と私は唸ってから「前略プロフは、中学入ったらみんなやってたから登録したけど、でも、まぁ、プロフもリアルも何も書いてないまま放置してるよ」と苦々しく答えると、美砂乃ちゃんの表情が土のような色に濁った。

「さっき狭山さんに嘘ついたの？」

「あ、私、名前、というか表記違うし、もうほとんど触ってないよ」

「いやそうじゃなくて、嘘だよね？」「でもみんなやってるから、やらないと的なの、あるじゃん」「みんなって誰？」「やめてよ、本当に何も書いてない。見て」私は携帯を開き、ほとんど何も回答していない前略プロフィールのページを美砂乃ちゃんに見せた。バスケ部を退部する前に作ったものだ。名前だけ「石田雪那」と答えているが、生年月日も性別も何も記入せず、この問題が起こるまでその存在すら忘れていた。美砂乃ちゃんは一瞥してからまた大きな瞳で私を捉えた。

「みんなって誰、って訊いてるの」

「学校の、みんな。お母さんみたいなこと言わないで」

「それって全然みんなじゃなくない？」

ひと口齧ったままのバウムクーヘンを紙袋の中に戻して、美砂乃ちゃんは抹茶ラテを大きく音を立てて啜り、プラスチックの容器の中の細かく砕かれた氷を細いストローでかき混ぜた。お母さんみたいなことを言われ、私は縮こまりながら携帯を閉じた。パキッと薄い氷を踏み潰すような音が狭いトンネルの中に染み込んだ。

「ごめん、消すから、今」

「消す消さないの問題じゃなくない？　てか、なんか、みんなって結局この活動本気じゃないんだね。ゆきだって撮影会出られないんじゃなくて、出たくないんでしょ？　今、全部、全部わかった。あー、だからみさが一人でがんばらなくちゃいけなかったんだな」

美砂乃ちゃんはトンネルの中で伸ばしていた脚を曲げ体操座りになり、両膝の間に顔を挟んで小さく丸まった。襟口からのぞく棘のような首の骨に、トンネルの穴から斜めに差しこむ光が当たって産毛がきらきらしていた。そのきらめきに私の手が伸びていて、美砂乃ちゃんの首を摑んでいた。美砂乃ちゃんは猫のように大きく体を震わせた。摑んだ手を滑らせて脊椎の凹凸の激しい背中をさすりながら、私は告白しているみたいな気分になる。

「美砂乃ちゃん、ごめん。プロフは絶対消すし、私美砂乃ちゃんといる方が楽しいよ。恥ずかしくて黙っていたんだけど、学校全然うまくいってなくて、なんか、空気だったり浮いたりしてて、いじめ？　みたいな感じで、せめてこれくらいしないと本当に居場所ないなって思って作った。それだけで、それ以上の目的はないよ。高てか滑り止めで入ったところだから最初から楽しいわけないんだけど、でも私、高校受験がないから、みんなみたいに辞めないで美砂乃ちゃんと一緒に仕事続けるよ」

そう言っているうちに私の声は潤んで、まぶたからぬっとりと涙がトンネルのコンクリートに落ちて黒いシミを広げてゆく。それに気づいた美砂乃ちゃんが顔を上げた。瞳が溶けそうなほど泣き出すのを堪えていたけれど、彼女は一粒も涙を落とさない。

「なんでゆきが泣くわけ？　泣きたいのはみさの方だよ。高校受験ないって、何。自慢？　いい学校行ってるくせに浮くとかいじめとか、そんなの当たり前じゃん、うちらみんないじめられてないと思ってたの？　本当にそうだと思っていたんなら、ゆき、やばいよ。それくらいのことで傷ついてるって顔しないでくんない。私より先に泣くなんてずるい」

「じゃあ、美砂乃ちゃんも、怒らないで、私に怒らないで一緒に、泣いてよ。嫌だよ、水着なんて、着たくなかった。みんなからいろいろ言われてつらいのは本当だし、だからオーディションがんばって、いっぱい受かって、ああいう、その、制服シスターズとかの仕事しないでも済むようになろう、一緒に」

「じゃあ何。ゆきがみさのこと一生面倒みてくれる？　育ててくれる？　無理でしよ。そういうこと簡単に言わないでよ」

私の手を振り払い、食べかけのバウムクーヘンを入れた茶色い紙袋を乱雑に丸めて美砂乃ちゃんは私に投げつけた。緩んでいたイヤリングがその衝撃でひとつ外れて、トンネルの中に落ちた。小学生の時からよくつけている、金メッキのフープの中に蝶のレジンモチーフが揺れるデザインのものだった。昔見た時は透明だったレジンの蝶はすっかり酸化して黄色く濁っていた。

「あのさ、みさ、オーディションに受かるのをダラダラ待てるほど余裕ないんだよ。まだバイトできないから、今のうちに制服シスターズとか撮影会とか出て仕事しないと、やばいんだよ、みさ勉強とかしてる場合じゃないの。学校のこと考えたり、心配する暇がないの。この仕事していれば水着の仕事ぐらい普通だって、みんなやるって、狭山さん言ってたじゃん。そりゃ、みさだって嫌だよ？　でもこれくらいのつらさ、当たり前なんだよ。それも嫌がって、いじめなんか気にするってことはゆき、本気じゃないんでしょ。本気じゃないなら話合わないからもう帰って。てかもう、辞めて、全部。むかつくんだよそんなぬるい気持ちでいられると。子供じゃないいんだからさ」

狭山さんが私たちによく言って聞かせることを復唱するように、美砂乃ちゃんはそう呟いた。私がいつまでも黙っていると、美砂乃ちゃんは俯いたまま小指を立てた左手を、こちらに差し出した。

「辞めて。絶対辞めて。つらいんでしょ？　約束して」

「そんなの、お母さんに訊かないと」

「お母さんお母さんうるさいんだよ。関係ないでしょ。みさが、ゆきに、辞めてって言ってんだよ」

「美砂乃ちゃんだって簡単に無理言わないでよ」

「どうしてみさのこと、みさって呼んでくれないの」

左手を下ろして、美砂乃ちゃんがこちらを見上げる。深く深く落胆していて、お母さんが他人のうるさい子供を眺めている時の表情とすごく似ていた。ごめん、わかった、辞めるから、辞めるからゆるして、ごめん、と言い募ると、美砂乃ちゃんもばか、辞めて、帰って、と足元に転がっている言葉の破片を手当たり次第拾っては私に投げつけた。縋《すが》れば縋るほど見放される気がして、私はバッグを肩にかけて四つん這いでトンネルを進み、九月上旬のまだ三十度近い昼下がりへまろび出た。

公園ではしゃいでいた男子小学生がこちらに気づいて、泣いてるー、とからかってきた。立ち上がって恵比寿駅へ、前略プロフィールを消しながら歩いて行った。いよいよ本格的にしゃくり上げながら泣いている私に街ゆく人は一瞬ぎょっとして、子供が一人で携帯握りしめてどうしたんだろう、などとささやかに心配しながら通り過ぎてゆく。やがて私を場景の中に押しやって、彼ら彼女らは私を思い出せなくなる。

道に迷って遅れないよう、狭山さんと大江戸線の月島駅で待ち合わせした。すごく早めの電車に乗ったつもりでも、乗り換えに迷って集合時間ぎりぎりに着いた。いつもと同じスリーピースを着て改札の前の柱にもたれていた狭山さんは、私を見つけるやいなや「あれ、今日って撮影のあと学校行くの？」と訊いた。レッスンでもオーディションでもない時に何を着ていけばいいかわからなかったので、とりあえず学校の制服を着てきた。そう伝えると、まぁ、だめってわけじゃないけどさぁ、と狭山さんはやや呆れたように言った。前略プロフィールのことを言われるかと身構えたが、いつもの笑顔に切り替わり「今日はがんばろう、入ったらすぐ挨拶ちゃんとするんだよ」と私の肩を両手で軽く叩いた。

スタジオに入る前に狭山さんが入館許可書類を書いていると若い男の人がやってきて、何かを狭山さんに話しかけた。男の人に気づいた私はすぐに「おはようございます！　今日はよろしくお願いします！」とチューニングの狂った声で挨拶した。男の人は「はーい、おはようございます。こちらこそよろしくお願いします」とやわらかく微笑みかけた。私よりも挨拶の動作が上手なのに、この人は俳優ではなかった。

新品の分厚いウールのタートルネックニットと茶色の膝下丈のスカート、下に着る白いインナーとベージュのカップ付きのキャミソールが吊るされており、その下には白い靴下が灰色のふわふわしたスリッパの上に畳まれていた。使いまわされていない新品の衣装は、素肌に触れると痛いくらいに生地が硬かった。メイク室にいたマミさんより小柄な女性のメイクさんは、私が椅子に座るやいなや「肌、きれい！」と、まるで宝石やケーキを見るように目を丸くした。今いくつ？　中学一年生です。若！　そりゃきれいだ、ファンデーションいらないんじゃないかな。レッスンシュートの時にマミさんからそんなことを言われたことがなくて、はしゃぐメイクさんの言葉にどう返事すればいいのかわからなかった。いや、いや、と鳴いていると「ニキビも全然ないね。友達からもかなり肌がきれいって言われるでしょ?」と、肉厚で温かい手で下地を頬に塗りながらメイクさんが笑う。鏡に映る私は照れているように見えた。

「いや、みんなはもっとかわいいです、かわいい子、ウジャウジャいます」

鏡越しに目を合わせて返すと、ほんとにー? 今の子レベル高! でもたしかに、街歩いてるとほんとかわいい子増えたなって思う、私が中学の頃なんてみんながみんなじゃがいもみたいでさぁ、とメイクさんは昔話を使い捨てのコットンのようにして次々と間を繋ぐために話しながら、あっという間にメイクを済ませて髪の毛をストレートアイロンで挟んでセットした。

ホリゾントスタジオに造られた家のセットの中で、今回のCMの主役であるお母さん役の有名な女優を、お父さん役の人と弟役の男の子と一緒に囲みながら、ディレクターの指示に合わせて何度もわぁ、おいしい、あったかい、と練習した通りに家族団欒をする芝居をした。強い照明が頬に当たって熱いのに、スタジオの空気の粒は縮こまっていて、動くたびにその硬い粒と体が擦れるような感覚がして冷たかった。肌も乾燥して、衣装のタートルニットのウール毛が首に当たってちくちくする。休憩中に跡が残らないよう指の腹でさするように首元を掻いていると、メイクさんが小走りでやってきて、「ごめんね、かゆいよね」と申し訳なさそうに私を見上げた。保湿クリームを塗ってもらっていると、スタジオの中でいろんな人に名刺を渡していた狭山さんが飛んできて、メイクさんに何度も頭を下げ「あーあーあーあー、まっかっかじゃんかよ。何してんの」といきなり声色を変えて、私の首元を覗きながらささやいた。メイクさんは困ったように、いやそんな大丈夫です、これぐらい普通にありますあります、と早口で笑いながら私の唇に、細いブラシでリップクリームを塗り直し、スプレーをふりかけたコームで前髪を整えた。目も痛いほど乾いていて今すぐに目薬を注したかったけれど、そんなことをしたら狭山さんにもっと怒られそうだったので一度のまばたきを長くして、寝ていると思われないようにやり過ごした。

そのあとのスチール撮影ではレッスンシュートの時よりも一回り大きなアンブレラが二つ並べられ、それはなんだか大きく口を開けた植物の怪物や、パラボラアンテナの怪物のようにも見えた。真っ白な傘の内側から光が飛んでくる。次のシャッター音が鳴るまでに違う顔をしなければならない。左向きに笑う。正面で笑う。ちょっと口を開けて笑う。歯を見せずに笑う。お母さん役の人に少し寄って笑う。離れて笑う。考えるより先に笑う。

撮影が終わる頃には、食卓のセットに置かれた木製のボウルに注がれたシチューは膜を張り、その上には細かい塵がぷつぷつと浮いていた。メイクを落としてもらい衣装を脱いで制服に着替え、狭山さんと一緒に監督や広告代理店の人や主演の女優さんに最後の挨拶をして回り、弟役の男の子とは出入り口で軽く会釈をして出て行った。

スタジオの外に出てしばらく歩き、地下鉄の改札前まで来ると狭山さんは立ち止まった。きょろきょろと周囲を見回してから壁にもたれた。

あのさ、せつなぁ。低い声を響かせて、狭山さんはビジネスバッグを足元に置いてくるぶしで挟み込んで、腕を組んだ。

「あんなふうにさぁ、かゆいからってばりばり首掻いちゃったらさぁ、肌が赤くなってメイクさんの手間を増やすって、普通考えられるよね。さすがにもう中学生なんだから、考えられるようにならなきゃだめだろ。何のためにレッスンシュートしてきたの？　今日みたいな日のために、撮影に慣れるためだろ？」

いよいよ前略プロフィールのことだと覚悟していたので、いったい何のことかすぐに理解できなかった。返事をしなかったからか、俺そんなに難しいこと言ってるかなぁ？　と狭山さんが薄ら笑いを浮かべて顔を覗き込んできた。俯いたまま私は首を横に振って、すみません、と溢した。

「別にね、怒ってるわけじゃなくて、言うことは言わないといけないからさ。俺は親御さんからせつなやみんなのことを預かっているわけで、なんていうかな、お父さんみたいな気分なんだよ。今日のメイクさんやスタッフさんがやさしかった理由、わかる？　せつなのことをどうでもいい、今日だけしか会わない子供としか思ってないからだよ。でも俺はそんなことない。これからもがんばってほしいから言ってるの、わかってくれる？」

アイロンで横に流してスプレーで固めた前髪が、脱力したようにまつ毛の上に落ちてきた。毛先はスプレーの樹脂でべたついて、それが当たってまぶたがかゆくなる。狭山さんが話しているうちは掻かないように、何度か強くまばたきして気を逸らしていると「泣くなよ、こんなことで。子供じゃないんだからさ」と、狭山さんがわざとらしいため息を道路に吐き捨てた。

二〇一七年　三月

　相談がある、と呼ばれて、家庭教師の仕事が終わった後に生徒の部屋から母親の待つリビングダイニングに向かった。テーブルの上のグラスに注がれたお茶は、既にたくさんの汗をかいてコースターを濡らしていた。会社からは保護者から直接の金銭授受を禁止されるだけでなく、飲食物も受け取ってはならないと指示されていたので、私はバッグから水のペットボトルを取り出してひと口飲んだ。

　促されるまま椅子に座ると、生徒の母親は廊下に向かって「お母さん、先生と話してるからちゃんと復習してなさいよ」と声を張った。息子の返事を待たず、母親はこちらに向き直して「これは先生で、合っていますか」と言い、スマホをこちらに向けた。スクール水着を着た小学五年生だった私の写真が表示されていた。私は黙って肯いた。今よりも少し肉付きがよく、頬も瞳も何もかも丸く、美砂乃ちゃんから、台形の面積の公式を訊かれた日の水着だった。よく覚えている。生徒の母親は初めて傷ついたみたいな沈痛な表情を嚙み締めているので、私はその分、つとめて微笑んで母親のことを見つめた。

「先生だから疑ったのではなく、今までも必ず息子についていただく先生の学歴に虚偽がないか、ネットでお名前を簡単に調べていたので、今回も同じように調べようと思ったら、これが出てきまして。未成年の……これって、小学生くらいですか？　それくらい小さな頃のことですから、先生ご自身が進んでこういったことをやったとは思いません。事情があったのだと察しますが」

母親は私と視線が合うと咄嗟に俯いて、そのまま深々と頭を下げた。

「ごめんなさい、息子は先生のことを本当に信頼していて、あの、しているのですが、まだ中学生で、多感な時期で、偶然この写真を見てしまい、なんていうか、先生が何かをするとは思っていませんが、息子、中学生の息子に、何かしらの影響が出ることは避けたい、です。会社にはこの写真のこと、絶対言いませんので」

微笑んだまま、私は腰を浮かせてそんなそんな、謝らないでください、と下げられた母親の頭に言い落とした。

これで四件目だった。どの家庭も会社に生徒事情として報告しているのか、会社は聞き取りもなくすぐに新しい生徒とマッチングし直していたが、こう何度も続けばきっと家庭教師としての評価は確実に下がってゆくだろう。私はバッグを肩に掛け直して、椅子をテーブルにしまった。グラスになんとかしがみついていた滴が、その衝撃であっけなく転がり落ちていった。顔を上げた母親の鼻や耳は赤く、泣いているのか怒っているのかわからない険しい表情を浮かべていた。

「今日スーツなのは、就活帰りですか?」

玄関に揃えられたパンプスに足を通し、踵の靴擦れの痛みに眉を顰めながら、まだインターンが始まったばかりなんです、と笑顔で振り返った。私なんかが言うのもなんですが、と母親は前置きしてから「いい会社とご縁があるといいですね」と懺悔するように私の目を見て言った。私が冗談めかした調子で「きっと来年はたくさん、お祈りメールが来ちゃうと思います」と返すと、ますます萎んだようすで母親はすみません、と言って視線を落とした。

タワーマンションのエレベーターで耳抜きをしながら降り、モノレールの天王洲アイル駅近くにある停留所からバスに乗り込んだ。混雑するバスの中で何気なしに開いたＳＮＳで『両刃のアレックス』の原作者書類送検の報道を知った。耳にやわらかな綿を目一杯詰め込まれたように世界が遠のいた。それから胃が鎖骨のあたりまでせり上がった感覚がして、私は品川駅港南口でバスを降りてからふれあい広場の入り口で立ち止まった。立ち止まると歩くたび踵に走っていた小さな痛みが、熱を持って膨らんでくる。街路樹の下にあった石製のベンチに座ってパンプスを脱ぐ。去年買った時よりはだいぶやわらかくなった革パンプスだったが、スラックスの裾を捲ると、ショートストッキングの中で踵の保護のために貼っていた絆創膏がずれて、靴と皮膚が擦れて血の塊を作っていた。

原作者は昨夜児童買春・児童ポルノ禁止法違反で書類送検され、ほどなく出版社から『両刃のアレックス』続編中止の告知が公式サイトに掲載された。彼の居室からは女児の性的な動画を収録した複数のジュニアアイドルのイメージビデオと、パソコン内のそういった動画と画像が押収され、それについて「小中学生の女の子が最も美しいと思っていた」と供述していた。ネットニュース記事のコメントには他の逮捕者や書類送検になった者は職業名しか公表されていないにもかかわらず、彼だけは作品名まで出して報道されたことを面白がる言説もあれば、二〇一五年に罰則適用が開始された改正法周知のための見せしめだという憤怒、原作者の古い写真を晒した上で、こんな容姿で女から相手にされるわけがないのだからせめて子供に走る自由を認めてやれ、という冷笑もあった。顔のない言葉はあちこちから思いつくままその写真の彼を擁護し、攻撃し、あざ笑っていた。

改正法の特徴をまとめた記事も上がり、リンクを飛ぶと改正法についての二〇一五年の記事にはこうあった。

今回追加された条文の一部はこの通り。「衣服の全部又は一部を着けない児童の姿態であって、殊更に児童の性的な部位（性器等若しくはその周辺部、臀部《でんぶ》又は胸部をいう。）が露出され又は強調されているものであり、かつ、性欲を興奮させ又は刺激するもの」

性的な目的ではない家族の成長記録であれば問題ないとされているため、世のお父さんたちはひとまず安心してほしい。しかし、いわゆる「ジュニアアイドル」に関しては、性器周辺や胸など「性的な部位」が強調されている画像に関しては要注意かもしれないとのこと。強調とはどこからどこまで？　というのは実際に運用されてみないとわからない。この定義については物議を醸している。
世のお兄ちゃんたち、もう一度ＰＣの中を確認して、三ヶ月後の改正法の罰則適用開始に備えよう！

この二年前の記事の時点で論争が起こっていた児童ポルノの曖昧な定義について、ぱんぱんに膨らんだニキビの表皮が破れて血と膿が綯い交ぜに噴出するように、世界に感想が垂れ流されていた。生きづらい世の中になった。欧米だって聖職者による児童性的虐待はよくある。こっちは写真しか見てないのに。と、ロリコン野郎が申しております。せめて二次元に留めておけ。二次元が三次元へのハードルを下げたんじゃないんですか？　ヲタクと性犯罪者を一緒にするな。性的マイノリティ差別やめようって言う割に、なぜ小児性愛だけがここまでバッシングされるのですか？　多様性はどこへ行ったんですか？　いや子供は別だろ。何が別なんですか？　僕はただ女の子の成長を見守っていたかっただけなのに——思想になる前の、何も背負わない感想が感想とぶつかり、その死角から感想が生まれ別の感想を打ちのめし、感想の老廃物が溢れていた。

私のタイムラインは真冬の深夜のように静まりかえっていた。息するだけで褒めてくれるアレックスｂｏｔがプログラム通りに〈午後四時だ。そろそろ疲れてきていないか？　がんばり屋なのは感心だが無理は禁物だぞ〉と時間きっかりにツイートを吐き出した。普段は彼に縋るように「もっと褒めて」とリプライを飛ばすファンたちも貝のように黙り、二次創作で作られたセリフはタイムラインを揺曳《ようえい》して、かわいらしい動物の写真や動画に押し流されてどこかへ漂流し、打ち捨てられてゆく。そして忘れ去られそうな頃に、彼はまた指示に従って誰かを慰める言葉を読み上げ、この世界に放流する。

顔を上げた。目の前を、薄い皺が残る真っ黒なリクルートスーツを着た男女が、絶対落ちたな社会不適合者だから、私も社不社不、と自虐し合いながら通り過ぎていった。広場の真ん中では学校指定の制服を着て帽子を被った男子小学生が、胸を張って悠然と歩いていた数羽の鳩を追いかけたり驚かしたりして遊んでいる。鳩はそのたびに羽を広げ、ほんの少しだけ飛んでは彼から遠ざかったところに着地して、ゆっくりとあたりを見回して食べ物を探している。嘘のようにうららかで、しかし空気は夕暮れに向かって確実に冷えていた。バッグの内ポケットから新しい絆創膏を取りだし、両足のショートストッキングを脱いで血の固まった傷口に貼り直して、もう一度ショートストッキングを履き直し、パンプスに足を押し込む。どうせ就活が終わったら捨てるだろう、とスーツショップのセット価格で安く買った靴だった。結局足の形に合わず、こうして何枚も絆創膏を消費している。

立ち上がった。踵の痛みは緩和された気がして駅の方へ歩き出してみる。数メートル程度なら感覚をごまかしながら進める。しかし次第にまた痛みの切っ先が尖り始める。堪えられないほどに痛みが増幅したら立ち止まり、やり過ごしてからまた歩いて、紫外線を頬に浴びながらアトレ入り口までやってきた。広場のようにベンチはなく、ここから先は息継ぎなしで改札まで進まなくてはならない。「レインボーロード」と名付けられた東西を結ぶ通路は、高い天井と両側面をガラス張りにすることで自然光を取り入れており、さっきまで座っていた広場よりも天国めいた、ガラスで濾過された純粋な光が通路に差していた。光に吸い込まれるように歩くと踵の痛みが意識の外側に追いやられて、私の二歩後ろをおとなしくついてくるようになった。

美しい光景だった。けれど、ここは毎朝大勢のサラリーマンがオフィス街に歩いてゆくので「社畜回廊」と呼ばれる方が一般的なようだった。私の名前も、そんなものでよかった。それやこれ、レインボーロードと変わらないただの私の指示語でしかなく、私を指すだけで私の意味そのものではないのに、自分の名前でいるだけでいつのまにか片目を後ろから誰かに塞がれているみたいに、世界との遠近感がわからないまま歩かされているようだった。もし私が「ゆき」だったら、美砂乃ちゃんが呼んだ「ゆき」だけが私だったら、もう少し早く目の前にある障壁に気づいて、避けて通れたのではないかと考える。この清らかな光が注ぐ道を、周囲と同じように憂鬱を抱えながら通勤している「ゆき」の後ろ姿を思い描いて、私はそれを追いかけるように進んだ。

中央改札の前に着くと、見知った構内に入った途端に踵の痛みが足にまとわりついてくる。山手線の乗り場へ下っていると、ちょうど電車が到着する。何度もここで美砂乃ちゃんと別れた。美砂乃ちゃんの家は京急線沿線だったから、一緒にプラットホームから階段を上り、京急との連絡改札を通って大人の人波に入ってゆく美砂乃ちゃんの後ろ姿を、見えなくなるまで見送った。あの時の私たちは、既に児童ポルノの「児童」だったのだろうか。当時は、確かに子役や未成年の水着はめずらしいものではなかった。テレビに出ている子もさせられていた。普通だった。普通だと言い聞かせて、普通にしていたのだ。

「子供じゃない」と再三再四言われたので、あの頃の私と美砂乃ちゃんの像に「児童」という言葉を与えても、その言葉から私と美砂乃ちゃんが逃げ出そうとする。でも、どうしても「児童」だ。どんな写真や動画が法に触れるかばかりで、誰からもその存在について言及されていない「児童」だ。「世のお兄ちゃん」と呼びかけられた者たちは、何を恐れ、どんな我が身を守ろうとしているのだろう。データを削除されたところで私はここにいるのに。電車に乗り、新宿に着くまでに記事にあった文章を読み返す。

今回追加された条文の一部はこの通り。「衣服の全部又は一部を着けない児童の姿態であって、殊更に児童の性的な部位（性器等若しくはその周辺部、臀部又は胸部をいう。）が露出され又は強調されているものであり、かつ、性欲を興奮させ又は刺激するもの」

性的な目的ではない家族の成長記録であれば問題ないとされているため、世のお父さんたちはひとまず安心してほしい。しかし、いわゆる「ジュニアアイドル」に関しては、性器周辺や胸など「性的な部位」が強調されている画像に関しては要注意かもしれないとのこと。強調とはどこからどこまで？　というのは実際に運用されてみないとわからない。この定義については物議を醸している。

世のお兄ちゃんたち、もう一度ＰＣの中を確認して、三ヶ月後の改正法の罰則適用開始に備えよう！


帰宅する頃には貼り直した絆創膏もまた捲れ上がっており、ショートストッキングの繊維が固まった血の塊に張りついていた。かさぶたを剝がすようにそれを脱いでゴミ箱に捨て、スウェットに着替えてベッドに横になった。

Twitterでは、仕事や学校が終わった人たちが言葉を切り出し始めていた。それを眺めていると、盛り塩さんも〈とりあえず今後を考えます、まだ整理がついていません〉と呟いていた。私はＤＭで盛り塩さんに〈どうしよう〉と送った。すぐに既読マークがついた。

〈本当に、どうしようね。さすがにこんなの頭が痛くなってくる。この影響かわからないけど「夜もすがら」も閉鎖してたし、もう完全に過去の作品ならまだしも続編連載直前だったじゃん？　楽しみだった分、この落差はちょっとしんどい〉

盛り塩さんにミラクルロードのことを打ち明けてみたくなった。わかってもらえるかはわからないけれど、受け止めてもらえるかもしれないと思った。今の定義だと、実は私も児童ポルノの「児童」に入っていたかもしれないみたいなんです。「かもしれないみたい」というのは、セックスを強要されたりヌードになっていたりしたわけじゃなくて、制服の下にスクール水着を着せられて、ホースからの水を浴びながらそれを脱いでゆく撮影が数回あったんです。スクール水着はお腹が出ない、学校でも着るものだから大丈夫だと思っていたのですが、それ自体が性的な目的であったことに大人になってから気づきました。でもその後は普通の、人に言える仕事もあります。定義から外れる記憶もあるので「かもしれないみたい」なんです。

こうして言葉を並べてゆくと、熱っぽくなる文章と反比例して頭は急速に冷え、他人の独白を読んでいるようだった。指を止めて読み返すと、頭の中で言葉の連なりは美砂乃ちゃんの声で再生された。

そう書きあぐねていると、盛り塩さんがゆっくりと〈でも私はこの作品に罪はないと思うし、そんなにすぐに嫌いになれない。大好きでもなくなっちゃったけれど〉と続けた。〈言葉が見つからないけど、とにかくちゃんと罪を償ってほしいというか。もしみんなからゆるされれば続編を連載してほしい。楽しみだったのは嘘じゃないし、残念なのも本当、今はそれしか言えない……〉

打ち込んでいた文字をすべて削除し〈そうですよね。ひとりだと整理つかなくて、すごくすっきりしました。ありがとうございます〉と手早く返し、Twitter を閉じた。「夜もすがら」のページにアクセスすると、盛り塩さんの言う通り 404 not found の文字が表示された。

ベッドの上でまんじりともせず、天井クロスの薄い継ぎ目を視線で辿った。継ぎ目は部屋の端まで走っており、壁にぶつかり、壁へ視線を滑り落とすと本棚代わりの四段カラーボックスが二つ並んでいた。中には『両刃のアレックス』の古い単行本をはじめ、同人誌や漫画、小説、学校のテキストなどが可能な限り詰め込まれて中の板がたわんでいた。

メルカリのアプリを開いて『両刃のアレックス』と検索すると、今回の事件で増えたのか出品されたばかりの全巻セットが大量に出回っていた。絶版を想定したのか初版本でもないのに高額な設定をしているものもあれば、一冊約四百円の単行本を全二十五巻で千五百円と、ほとんど投げ売り状態の出品もあった。私はカラーボックスに背中を丸めるようにして詰め込んだ状態の『両刃のアレックス』をカラーボックスごと撮影して、その場で適当に五百円と設定し、ろくに商品説明も書かずに出品した。それでも瞬く間に売れて、配送ページへ誘導される。私はユナイテッドアローズの大きく厚めの紙袋に単行本を詰め込んでガムテープで袋の口を閉じた。スウェットのままサンダルを突っかけ二十四時間営業のコンビニに向かい、七百五十円の配送料を支払って手続きを済ませた。損をしてまで安い値段を付けてさっさと手放した、ということでひとつの復讐になった気がした。したけれど、その実感は湯船で最後にシュワリと消える入浴剤のようにいつのまにか消え失せていた。私の復讐はいつもどこかから借りてきた儀式でしかなく、原作者を罰したいと憤激しているわけでも、彼をゆるしているわけでもなく、盛り塩さんと似て一度好きになった、支えになっていた物語を突き放してもしっかりと自分を保てるほど、私は私を掌握していなかった。

コンビニから早足で帰宅してTwitterを開くと、相互フォロワーたちが訥々《とつとつ》と日常生活の愚痴を漏らし、そして眠りについていたようだった。寝静まったタイムラインで息するだけで褒めてくれるアレックスbotが〈午前一時だ。まだ起きているのか？　明日……いや、今日の薪割りに響くと困る、そろそろ寝たほうがいい〉と独りごちた。

このbotの作成者が「夜もすがら」のricoさんだったら「早くおやすみ」と書くだろうと思った。私はそのツイートに〈疲れた〉とリプライを送る。息するだけで褒めてくれるアレックスbotは反射するような速さで〈ちょっと疲れたな。疲労は休息によって癒やされる。僕のココアが君の休息だ〉と、彼の決め台詞「罪は罰によって雪《そそ》がれる。僕の斧が君の罰だ」を無理に改変したものが送られてくる。

〈もっと褒めて〉

〈人は欠点ばかりに目がゆくようにできている。でも「命の線」が見える僕にはわかる、君はよくがんばっているよ〉

〈もうちょっと褒めて〉

〈人は欠点ばかりに目がゆくようにできている。でも「命の線」が見える僕にはわ

かる、君はよくがんばっているよ〉

〈ありがとう〉

〈礼を言えるなんて、ゆきじはすごいな。僕の一族にもそんなにすぐ礼ができる人間は稀だったと聞くぞ〉

ハンドルネームを呼ばれて我に返り、私は自分のリプライを削除した。しかしアレックスからの返信は消えず、私にメンションがついたものは彼のツイート欄に残り続け、また毎時間毎時間吐き出される時報のような彼のツイートで、もう掘り返すことができないほど深い地層まで、タイムラインが塗り重ねられるまで待つことしかできない。

二〇〇八年　九月

ゴスッゴスッと音が山に染み込んでゆく。白い息を吐きながら二十五歳のアレックスは薪を割っていた。二十歳の頃に国で革命が起こり、そのさなかにギロチンが開発され三百年以上も続いていた家業を畳んだアレックスは、以来山小屋に籠もり三日に一度薪を売りに街へ下り、少しの食料を買ってまた小屋に戻る日々を繰り返していた。葉が落ちた山はもうすぐ雪の季節になる。街では薪の需要が高まる時期なので、アレックスは一日中薪を割っていた。人間の首よりも太い木材はさすがに一振りとはいかなかったが、それでもアレックスは仕事が早く、さらに彼の薪はしっかりと乾燥されてよく燃えると評判だった。

かき入れ時と張り切っていたところに、愛馬に乗った ##NAME## が訪ねてきた。振り返りざまに見た姿は普段アレックスの知る彼女ではなかった。身につけた鎧には赤黒い血が固まっている。アレックスは薪に刺さったままの斧を手放して、彼女と馬を小屋の中に迎え入れた。大した怪我はなかったが、彼女は何も話さず、暖炉の中のゆらめく炎を見つめていた。アレックスはスープを用意し、仕事に戻った。休憩しに小屋に戻るとスープの入っていた器が空になっている。しかし彼女は口を開かなかった。日が落ちるまでまた仕事をし、再び小屋に戻ると、彼女は同じ格好で火を見つめている。彼女が動くのは、食事と用を足しに外に出る時と、小枝を焼《く》べる時だけで、ベッドを貸そうとしても頑としてそこから動かなかった。

二日ほどそれを繰り返すと、やがて彼女は語り出した。傭兵として派遣された先でも革命が起こっており、王族の護衛として市民軍と戦った。王族は大枚叩《はた》いて各国の傭兵や騎士団を雇っていたため、素人を寄せ集めただけの市民軍と首都で鏖戦《おうせん》し、革命は失敗に終わった。今までは自分と同じような、いや、自分よりもうんと屈強な傭兵や貴族と戦えばよかったのに、自分より若い青年や、おつかいで市場に出かけていただろう女の子まで襲った。無辜《むこ》の人間を襲う時は、自分の出自を思い出し怒りに火をつけ、この世のすべてに復讐するのだと目に映る景色の中で繰り返し唱える。私が君くらいの年の頃、食べ物なんて盗まないと食べられなかったよ、と。そうすると急な坂道を転がる車輪のように苛烈に走り回れる。しかし背後にはいつも焼けた街と死体しかない。

違う鼓動があった、と##NAME##は呟いた。私たちとは違う鼓動があった。その鼓動を止めるのはたやすくて、あまりにもたやすくて、苦しい。こんなにもあっけなく傷ついてしまうなんて。あの頃、まともに傷ついてどうする、なんて軽々しく言ってごめん。

初めて自分の前で弱っている##NAME##の肩に、アレックスは手を伸ばしてこう言った。

「石田さん」

顔を上げるとともに匿うように携帯を折りたたんだ。振り返ると、顔に蜜のような夕光を真正面から浴びて目を細めた松枝さんが近づいてきた。体育館や教室の中でも低い位置でひとつに縛られていた淡い栗色をした髪が、微風を受けて肩のあたりできらきらそよいでいる。松枝さんとの距離を取りつつ、はい？　と返した。声が裏返った。私たちの頭上で、やや低い女性の声の、今度参ります電車は、十七時、五分、発、根岸線直通、各駅停車、大船行き、です、黄色い線の内側まで、下がってお待ちください、というアナウンスが巡っていた。

松枝さんもバスケ部で、彼女からもたくさんメールが送られてきた。それだけでは終わらず、松枝さんのクラスとの水泳の合同授業の時に「わ、プロの水着。見ちゃったから金取られるかんじ？」と言ってきた。それは松枝さんだけじゃなく、授業中に男子も同じようなことを言ってからかってきたけれど、うちら金ないから脱がないでね、とか、ロリコン野郎からいくらもらったのー、とか、廊下や校庭ですれ違う時まで言い続けたのは松枝さんくらいだった。

衣替え前の青いシャツの上に羽織った淡いグレーのカーディガンの袖を、捲ったり伸ばしたりしながら、松枝さんは眩しそうに視線を落として「あの、ちょっといい？　このあと急ぎの用事ある？」と、ガラスをなぞっているみたいな細くて透き通った声で訊いた。いつも私には少しがなるように吹っかけてきたから、松枝さんが持っていた本来のか細い声に私は息をのみ、吐いて、「え、なんで」と答えた。

「謝りたくて」

「何を」

「今まで、その、酷いこと言ったり書いたりしてごめんってこと、言おうと思ったんだけど……あっ！」

ガラスをなぞっていた指の爪が次第に立って、引っ掻くような声でそう叫んだ。

松枝さんのすぐ傍に鳩の糞が落ちた。周囲で電車を待っている乗客が一斉にこちらに注目し、そしてすぐにおのおの視線を戻した。私たちは改札からホームを繋ぐ階段の下で、鳩の糞がいっぱい落ちている箇所を避けて陰に隠れた。大船行きの電車がやってきて、人がプラットホームに降り、それからホームにいた客が手元の携帯を見ながらぱらぱらと電車に乗り込んでゆく。降りた客たちが改札へ上がってゆくと、あたりは私たちふたりしかいないように見えた。

「なんで急にそう思ったの」私は手を体の前で合わせ、右手で携帯を、左手でそれにくくりつけた星の砂のストラップを握りしめていた。これもいじめの一環で、私の見えないところに他にもバスケ部の子が隠れていて、私の反応を待っているのかもしれないと思った。

「そのままだけど、なんていうか」落ち着いた松枝さんは、細い髪の毛を耳にかけ直した。「今、バスケ部で私がハブられていて、実際にされてみると結構つらいものがあるな、と気づいて」

聞けば、松枝さんは少し気になっていた男子とメールを続けている中で性器の写真を見せてほしい、と言われたそうだった。これを見せれば好きになってくれるかと思って、下半身を自撮りした写真を唆されるままに送ると、男子はそれを友達に自慢したらしく、その友達がバスケ部のメンバーに告げ口した。ちょうど私がバスケ部を辞めてからしばらく経ち熱が冷めていたのもあったのか、松枝さんに矛先が向き始めたのだった。まだバスケ部とその男子の周辺しかこのことは知らず、いじめられているのを人に言ったらその写真をばら撒くと松枝さんは脅されていた。

「私、石田さんにすごく酷いことを言ってきたんだなって、やっと気づいた。遅いかもしれないけど、普通はもっと早く当たり前に知っていることかもしれないけれど、こんなにつらいんだなって、こんなに酷いことなんだって思ったから、謝りに来たんだけど」

「私、別にバスケ部のみんなと仲直りしてないから、その当てにされても困るかも」

「別にそういうわけじゃなくて、謝ってんの純粋に」

髪をもう一度振り払いながら松枝さんは声を震わせた。松枝さんは私に謝りたいというよりも、自分が完璧な被害者じゃないことに堪えられないように見えた。ゆるされないことに痺れを切らして、さらに「ごめんって言ってるんだけど、何がダメなの？」と詰め寄ってくる。

ちょうど『両刃のアレックス』に、元被害者が拒否しても謝罪に来てしまう元加害者の話があったのを思い出す。その人は処刑を免れたものの、あれから自身を省みて罪悪感で圧し潰されそうだから、とアレックスに殺してくれと頼みにくる。アレックスのセリフを頭の中から手繰りながら、口にする。「自分の罪にちゃんと潰れろよ。できないなら最初からやるな」僕の今を、この斧が届く僕の小さな世界を汚さないでくれよ。私が言ったセリフの後にはそう続いていた。

「何それ」松枝さんは、水泳の授業の時のように私を下から睨み上げた。その視線にアレックスの姿は頭の中で瓦解してゆく。私だって、と振り絞る。松枝さんは左足から右足に重心を変えた。

「さすがに、私だって仕事じゃなかったらあんな水着の写真なんて撮らないよ。お金ももらえないのに、裸とか股とかを、自分から撮るなんて、絶対、無理」それからバスケ部の面々の、顔より先にメールの文章がイメージとして立ち上がる。それを読み上げてゆく。「変態なんじゃないの？　気持ち悪いよ」自分が言われたことを自分で言うと、それと一緒に澱《おり》も排出されて空っぽになってゆく。自分の口の主導権を暴言に委ねるのは、心地よかった。懐かしいものに浸かっている気分にもなった。

根岸線直通桜木町行きの電車が来るアナウンスが流れると、私はいつも乗る五両目のほうへ走って逃げた。振り返っても松枝さんは追ってこない。やってきた電車にすばやく乗り込み、同じ制服の生徒がいないことを確認してから、携帯を開いて「夜もすがら」のページにアクセスして、長編夢小説の続きを読む。読むというより、文字の上で視線を滑らせているだけだった。お腹が空いてきたらスッパイマンを一粒食べ、染み出てくる甘味や塩分でやり過ごし、三十分近くそうやって時間をやり過ごし東神奈川で降りる。ホームにあるゴミ箱にスッパイマンの種をティッシュに包んで捨て、向かい側の乗り場で口を開けて待っていた京浜東北線に走って乗り込み、呼吸が落ち着くより先に最寄りの新子安に帰ってきた。

結局松枝さんの写真はバケツをひっくり返したように学年中に広がってゆき、いつのまにかチェーンメールのいたずら写真として私の元にも送られてきた。耳に入っているのか入っていないふりをしているのか、先生たちからわざわざその話をすることはなかったが、生徒たちの間では世界図が塗り替えられるようなゴシップだった。松枝さんは登校しなくなり、まだ性器を露出していないだけましだという判断でバスケ部から私への中傷は収まった。松枝さんをなじっている時の心地よさを思い出すと、植えつけられた細胞が目覚めて私を侵食してゆくようでも、抑えてきた自分を解放したようでもあって、どちらなのかを真剣に考えたら真っ二つに張り裂けそうになるから、松枝さんのことを忘れようとつとめた。そうして初めて松枝さんが私に謝りたいと思ったのときっと同じ衝動がほとばしって、食あたりで菌を吐き出そうとするように、学校にいる時は誰にも聞こえないように、ひとりでベッドに横になっている時は天井を仰ぎながら「ごめんなさい」と呟く。そうしないと、私が何かに蝕まれてゆくようだった。松枝さんは学校に来ないので、もうゆるしてもらうことはできないけれど。

男子からのからかいや何かを確かめるような視線は、次第に私だけではなく女体すべてに注がれるようになり、女子の中にはそういった視線に晒されることで世界から承認された気分になっている子もいれば、「うざい」や「キモい」や「死ね」

などの先端をきりきりに磨いた言葉を武器にして、視線を振り払おうと立ち向かってゆく子もいた。私はというと、同じところでずっと突っ立ったままでいる。

初めて自分の前で弱っている ##NAME## の肩に、アレックスは手を伸ばしてこう言った。

もう一度僕に「まともに傷ついてどうする」と言って。

##NAME## は唇の先だけで、まともに傷ついてどうする、と呟いた。もっと大きな声で言って。まともに傷ついてどうする。僕に言って聞かせるように。まともに傷ついてどうする！

ふたりは合わせ鏡になったような気分になった。言葉は鏡に閉じ込められた光と同じで、ふたりの間をひたすら行き来する。##NAME## は深く息を吸って、宣言するように力強く「まともに傷ついてどうする！」と叫んだ。アレックスはうんうんと肯いて吹っ切れたようすの ##NAME## を抱きしめた。そうでなくちゃ、##NAME##。君が僕にそう言ってくれたんだよ。おそるおそる ##NAME## も彼の背中に手を回す。お互いに抱きしめるのも抱きしめられるのも初めてだった。今まで私たちが首を落としてきた人間——罪人も、軍人も、無辜の人も、こんなふうに熱く鼓動を打っていたのだろうか、と頭によぎってしまう。ふたたび圧し潰されそうになり、##NAME##は心の中で唱えた。

まともに傷ついてどうする。

ふと我に返ったふたりはすぐに互いの身を引き剝がすように離れ、アレックスは頰を染めながら薪割りに戻った。##NAME##も濡れたまぶたを袖で拭いながら、手伝う、と笑って予備の斧を持ち外に出た。鳥の群れが木々を飛び立つ音は秋が去って行く音だ。世界に使い古されたふたりに似合う、白い吐息しかない寂しい山だった。

アレックスが人に触れたのはこれが最初で最後だった。

前略プロフィールのことを狭山さんに密告しなかったのか、土曜日の演技レッスンの時に美砂乃ちゃんに確かめようとしたけれど、美砂乃ちゃんは私と目を合わせず口も利いてくれなくなった。バスケ部の子たちと違うのは、その後中傷するような内容のメールを私に送ってくることはなく、ひたすら私の存在なんてなかったように振る舞うところだ。むしろバスケ部の子のように執念深かったのは私の方で、学校での出来事やレッスンやオーディションのことなど、その日あったことを帰り道に携帯のメール作成欄を日記代わりに書き、毎晩寝る前に美砂乃ちゃんに送った。当然返事はなかったが、着信拒否をされているわけでもなく、深い水底のように何の反応もない。私は亡霊なんだな、と思った。美砂乃ちゃんの世界で私はとっくに死んでしまっているから、死ねとも消えろとも言われない。

美砂乃ちゃんの私が死んでしまった秋から、シチューのＣＭが放映された。夕食時や休日によく流れるからか、科目の先生からはＣＭを見たと声をかけられることはあったけれど、バスケ部やクラスメイトからの対応は特に変わらなかった。からかうことも陥れられることもない。学年の間では女子の下着がスカートから見えてしまった時に「松枝になった」という言葉が流行った。私はそんなことを言い合う相手もいないので、静かにそれを傍観していると、次第に「松枝った」や「松った」と省略され、そして省略されすぎて消滅した。

夏に受けた地上波の学園ドラマのオーディションに落ちたという連絡を受けて、仕事から帰ってきたばかりのお母さんにもう一度ミラクルロードを辞めたいと伝えた。もったいないと言いながらも以前と違って激烈に反対することはなく、買ってきたパンの袋を食卓に置き、薄手のコートを羽織ったまますんなりと狭山さんに電話で契約解除の申し入れをした。

ミラクルロードは基本的に一年契約なので、契約月に更新手続きをしなければ自動的に解約となる、と狭山さんは電話口のお母さんに伝えた。ダンスや演技レッスンは来週から来なくていいし、レッスンシュートも外します、オーディションも今日をもって応募しません、とお母さんの耳元の子機から狭山さんの声が漏れ聞こえてくる。次第に、お母さんの後ろ姿は潤んだように未練をまとい始めて、私はお母さんが狭山さんとの電話中に泣き出さないか、じっと見守らないとならない気になってそこから離れないようにした。受話器を持った手は荒れがだいぶ落ち着いたようで、白く薄く、爪もどんぐりの殻のようにつるりと丸く伸びていた。

電話が切れると、お母さんは涙を落としながらコートを脱いで、パソコンの前に座った。さざ波のようなすすり泣きが聞こえて、やがてその声は大きくうねり、リビングから家のすみずみに満ちた。通話中に張っていた使命感の糸も切れ、私は息を止めて逃げるように自室に籠もった。追いかけてくるかと思ったが、お母さんはそこから動かず気の済むまで喚いて、やがて疲れ果てたように自分の部屋に入って、叩くように扉を閉める音がした。

もう一度息を止めながら部屋から出て、台所まで潜水するように忍び込み、シンクの前でめいっぱい息を吸うと、胃の底をスコップで掘られているような感覚がして、その音が鳴る。私は食卓の上に置かれている袋の中を覗いた。パン・ド・ミと、ベーコンエピと、ごぼうサラダサンドと、ジャンボンブール。ごぼうサラダサンドはきっと私のためにお母さんが買ってきてくれたもので、全粒粉を使っている上にごまを練り込んでいるからか、それだけ生地が灰色がかっていた。

私はジャンボンブールを取り出した。フランスパン生地に同じ色をしたバターとハムが挟んである。端を齧ろうとしても上手に噛み切れず、頰の筋肉と歯でパンの端を強く摑んで引きちぎり、取れたぶんだけ口の中に押し込んだ。パンの中で固まっていたバターが口の中の熱で溶け出して脂の甘い匂いが広がり、ハムのしょっぱさがぼやけていくその甘さを際立たせる。奥歯のさらにその奥がきゅうっと絞られるように唾液が溢れてくる。咀嚼しながら、飲み込んだらすぐにもうひと口食べられるようにとジャンボンブールに顔を近づける。次第に手の熱で、まだ食べていないジャンボンブールのバターも溶け始めて、顔のあたりに甘い匂いがぐるりと覆うように漂っている。一本食べ終わると手がバターでべとべとになっていた。指の腹にまとわりつくバターを生地の表面に吸わせるようにごぼうサラダサンドを手に持ち、二口で丸飲みするように食べた。食べ足りないというよりものを噛み足りない、という感覚で冷蔵庫の中を物色したが、私が今まで買っていたサラダや春雨のおかずしかなかった。リビングのパソコンデスクの下に置かれたお母さんのバッグから財布を取り出し、千円札を抜き取ってポケットにしまい、ブレザーを着てスニーカーを履いて、玄関を開けた。

　蛇口が壊れたように止まらない唾を何度も飲み込みながら、近所のコンビニに小走りで向かった。波打っている住宅街の道はぽつぽつと小さな明かりを灯し、夕飯の匂いが道にも漏れていた。鍋やおでんを煮詰めているような濃いだしの香りが漂っている。だしの香りはなんだか空気が潤んでいるようで泣きたくなる。ただそれほど思い出もなく、代わりに唾が口の端からしたたる。

　コンビニに着くとやけに明るい店内の照明に我に返ってしまいそうになった。何かをもっと口いっぱいに貪りたくてここまで来たのに、ひとつも食べたいものが見つからず店内をぐるぐる回り続けた。バターがたっぷり入っているものに狙いを定めてパンとスウィーツを探していると、恵比寿の公園で美砂乃ちゃんが食べていたものとよく似たミニバウムクーヘンを見つけた。それを五つ買い物かごに入れて、中学に入ってから我慢していたカップ焼きそばと、唐揚げ串を買った。ミニバウムクーヘンをひとつ食べながら家に帰るといよいよはっきりと食欲が冷えて、唐揚げ串は冷蔵庫にしまいカップ焼きそばは勉強机の上に置いた。裸の髪の毛から脂の匂いがする。私のすみずみまで固まったバターがこびりついて、薄く膜を張っているようだった。この膜があれば、もうこれ以上世界と擦れることなく過ごせる気がした。

シチューのCMも冬が来る前には終わり、その企業は新しい粉末コーンスープのCMを流していた。私と同い年の若手女性タレントがその主役になっていて、彼女はそのクールのドラマにも出演していた。

松枝さんは外部の高校を受験したらしく、二〇一一年に高等部に上がった頃には学校からいなくなっていた。さらに進級する直前の三月に、みんなの松枝事件の話題を、震災と、その直後からテレビを染めたＡＣ広告の歌がべったりと分厚く塗り替えた。

私の日々は動力が壊れてしまったようにゆったりと進み、レッスンやオーディションがなくなって空っぽになった放課後や週末を、横浜にある予備校や自習室に行くか、少年漫画やゲームの二次創作小説を書くことで埋めていた。その予備校も一度面接審査で行ったところだったが、もう落ちたオーディションを思い出すのも面倒だった。記憶の中にあるどの面接の場面も、会議室やオフィスで知らない大人と同じような目をしたカメラが並んでいて見分けがつかない。私はアレックスや##NAME##のように何かを乗り越えたり誰かと抱きしめ合ったりして傷つかなくなったのではなく、傷つくことに疲れ始めていただけだった。

漫然と受けていた予備校の英語の授業でshootという単語が出てきて、銃を撃つショットや球技のシュートと、レッスンシュートの「シュート」はすべて同じなのだと知った。本物の銃声を聞いたことはないものの、ドラマや映画で鳴るものと、ストロボと共に降り注ぐ音は少しだけ似ていた。意味より先にシュートという音が遠くの方から聞こえてきて、私はその言葉がどんなものなのか考えずに、聞こえてくる音をそのまま真似して使っていた。改めていくつかの意味を付与されると、その音は私にぐっと近づいて、重力を増し、ゆっくりと私の耳を過ぎていった。

帰りの電車に乗ると、中吊り広告でビキニを着て二列に並んでいる十五人ほどの女の子の中で笑っている二〇一一年の美砂乃ちゃんと目が合った。ビキニの女の子たちは大手出版社が出している青年誌のグラビアオーディションのファイナリストで、グランプリは読者投票で決める仕組みになっていた。新子安駅に降りた後、ホームの乗降客が落ち着いた瞬間にキオスクで店員と目を合わせずに雑誌を買い、息を止めながらバッグにしまった。

家に帰って、自室の扉を閉じてグラビアページを開いた。一ページにふたりずつ、五十音順にビキニの女の子たちのバストアップと全身が掲載されていた。美砂乃ちゃんは序盤の二ページ目にいて、ずっとそこでこちらに笑いかけていた。美砂乃ちゃんの紹介には「スレンダー美の女子高校生」と書かれていた。そう言われると美砂乃ちゃんの容姿も体形もほとんど小学六年生の頃から変わらず、スレンダーというよりただ幼いという方が適切だった。成熟した女性たちが参加するグラビア特集なのに、公園で遊んでいた女の子が紛れ込んでしまったみたいだった。勉強机からハサミを取り出して、全身カットの美砂乃ちゃんの体の輪郭を丁寧に切り抜いた。そうするとちゃんと私の知っている美砂乃ちゃんになって、居たたまれない子供じゃなくなった。

手のひらに収まる小さな美砂乃ちゃんをみぞおちのあたりに置いて、制服のままベッドに横になり、目を閉じて私は「シュート」を想像した。勢いよくカメラのレンズから発射されたサッカーのボールが、空気抵抗によって形を変えられ尖った弾丸になり、ホリゾントの前でコスプレ衣装用の制服を着て立っている小学生の美砂乃ちゃんの体を次々と貫通してゆく。穴だらけになっても笑っている美砂乃ちゃんを救おうと、私はその目をつんざく光の中に飛び込む。その弾丸は私に数発当たって穴を開ける。けれど私は数発で済んでいる。同じ場所に立っているのに蜂の巣になるまで撃たれているのは美砂乃ちゃんだけだった。私が美砂乃ちゃんを抱きしめるように覆い隠しても、その弾が近づくと私は透けてしまい、美砂乃ちゃんはそれを食らってどんどん穴だらけになり、ついに穴そのものになり見えなくなった。

上体を起こして、切り抜いた小さな美砂乃ちゃんに「みさ」と呼びかけた。もちろん返事はなかった。

二〇一七年　四月

原作者の書類送検についてのまとめ記事や関連記事を読んでいるとアフィリエイト広告の傾向がだんだんと成人男性向けになり、次々とプロポーションの良い女性が広告に表れては消えてまた登場した。大教室での授業中に膝の上に載せたスマホの画面をスクロールしていると、記事の上を現在の美砂乃ちゃんのバストアップ写真が滑ってゆく。スクロールを止めて「金井美砂乃、そして伝説へ」とあるその広告画像をタップすると、イメージビデオの販売ページへ飛んだ。

高校生どころか中学生の頃からほとんど変わらない容姿だった。髪の長さまで当時のままで、変わっているのは用意される衣装、画質、メイクの濃淡、コピーなど美砂乃ちゃんの表面や身の回りにあるものばかりだった。商品説明欄には「最後のミサノちゃん。十二年間の感謝を込めて……」と記されており、美砂乃ちゃんがこのイメージビデオを最後に無期限活動休止を発表していたことを知った。

あらゆるSNSで美砂乃ちゃんの名前を検索した。撮影前の自撮りを積極的にアップしているTwitterでは三万人、Instagramでは一万人近くのフォロワーが美砂乃ちゃんを取り囲んで、美砂乃ちゃんの投稿を待っていた。そしてどのSNSにも、先頭に授かり婚の報告投稿がピン留めされていた。相手はプロレスラーの虎鷹《トラタカ》と明かしており、自身のファンのみならず夫のファンからも祝福のリプライやコメントを受け取っていた。自分の顔よりも大きな肩に頭を預けてピースする美砂乃ちゃんは、水着ではなく私服を着ていたのもあって、よりあの真夏の日々を想起させた。そういう普段の写真が見たいのに、それ以外の投稿のほとんどは水着や下着衣装ばかりで、中には眼帯を結んで作ったような不思議な構造をした、もはや衣装というよりも局部を隠すためだけの布を纏っている写真もあった。

Twitterの DMは閉じられていたので、私はその場で「ゆき」という名の Instagramのアカウントを作成し、DMのボタンを押した。メッセージ入力欄をタップすると文字入力画面がすかさず表示される。あまりにもあっけなく美砂乃ちゃんへの連絡手段ができてしまい、手が止まった。皮膚の下では美砂乃ちゃんへの謝罪と祝福が春の気圧配置のように入れ替わり立ち替わり現れては、浮かんだ文字をかき回して去ってゆく。なんとか〈石田雪那です〉〈元気ですか〉〈ずっと美砂乃ちゃんのこと応援していますす〉と打ち込むと、風船のように一文ずつふわりと浮いて彼女に送信された。チャイムが鳴るまでＤＭ画面を開いて返信を待ったが、既読がつかないまま時間が来た。

　キャンパスの最奥にある部室棟の方へ向かった。サークルの部室に入ると、尾沢さんが部屋の窓のそばに立っていた。夕陽と呼ぶにはまだ若く白い光がブラインドの隙間から目を刺さんばかりに溢れていた。一度こちらを振り向いた尾沢さんは、少し驚いたように「おー」と声をかけながら、ふたたび背を向けてブラインドの角度を調整した。くるりとブラインドの向きが変わって部室が薄暗くなり、私は入り口すぐの電気スイッチを押した。何か異物が入って目をしばたくように蛍光灯が明滅し、やがて落ち着いて均一的な光を放つ。部室内のパイプ椅子は原稿や漫画雑誌、同人誌などが置かれて座れなかったので、リュックを隅に寄せてからキリスト教史の教科書を二冊取り出し、しゃがんでスチール棚の最下部の古教科書・古本スペースに立てかけた。

「あのさ、石田さんの昔の、ジュニアアイドルやってる時の写真見たんだけど」

俯いた頬は全身の血が集まったように熱く、手足は急激に冷えてゆく。立ち上がれないまま私は「え、うん」と返すと、尾沢さんの視線が私の足元に転がってくる。それと目を合わせないようにスチール棚の汚れを見つめていると、なんでそういうのを書かないで、いつまでも二次創作小説ばっか書いてんの？　と尾沢さんは続けた。

「私は『両刃のアレックス』の作者逮捕でそういう世界があるのを知った。逆に言うと、それがなかったらずっと知らないままだったと思うんだけど、今もああいう、もう、遠慮せずにはっきり言っちゃえば、児童ポルノの世界が消えずにあって、被害者がいるんでしょ」

「児童ポルノかもしれないけど、でも私は普通の仕事もやったからグレーかな。もっとしんどい仕事した子、いっぱいいたと思う」

「かといって強く否定もできないものでしょ。グレーな時点で石田さんは被害者なんだよ。どうして被害者だったくせに黙っているの。黙認しているならあなたも闇の一部なんだよ。ちゃんとさ、怒りなよ。アレックス受けが好きなのはわかるけど、ったく無かったこともしてくれ、そういうことから目を逸らしても無かったことにはならないわけだし。私だったら絶対書くのに。現代の闇って感じで、賞とかなんか獲れそうだし」尾沢さんは、話している途中に唇についた髪の毛を耳にかけ直して、一番近いパイプ椅子から書類を退《ど》かして座った。

また、闇だ。自分の知らなかった領域やそこにいる人々に出くわした時の、手に負えない現実を見切る時の呪文であり、未知に遭遇した興奮にはしゃぐ時のかけ声のようで好きじゃない。闇が深い、すごい闇、貧困の闇、業界の闇、児童ポルノの闇、どちらとも呼べない闇、と憤ったり憐れむような表情を浮かべたりしながら、割引シールを貼られた高い惣菜を見つけるように探している。

尾沢さんの言うことは疑いようもなく正しくて、品川駅のレインボーロードに差した清廉な光のようだった。一方で闇と呼ばれた私の世界は、いつも溶けてしまいそうな激烈な光の底にあった。学校が休みに入るとオーディションのスケジュールが増える。そのオーディションに呼ばれない子供はハウススタジオの庭で水遊びしながら撮影される。しっかりと立っていないと自分の存在がホワイトアウトに見舞われてしまいそうなほど、真っ白い光が私を撃ってくる。レフ板が撃ち損じた光を余さず拾い上げ、下から槍のように尖ったスペクトルの波でこちらを突き刺してくる。目を瞑れば瞑るほど終わらない。見開いて、光に消されてしまわないように目を見開いて立っていると、眼窩の裏のすみずみにまで光が入り込み眼球から水分を吸い取りながら膨張し、やがて萎んでしこりを作る。日光もストロボもすべての光は痛く、私の瞳はいつも乾いていた。そんなまぶしい闇。でも、光を浴びせながらこちらをじっと見つめ、永遠に瞬きをしないレンズの向こう側も、いつだって何もない真っ暗な闇だった。

膝や足が疲れてきて、立ち上がろうとすると「黙らないでよ」と言葉が降ってくる。膝に力を入れると、立ちくらみがして視界に白い靄ときらめきのような模様が意識にこぼれる。怒りたかった。けれどももはや何に対してなんと言って怒るべきなのかわからず、日に日に怒りは私の頭の中に満ちる情景に散らかったまま染み込んで分かち難くなっていた。きっと私に必要なのは憤怒よりもまず救済だった。今の自分ではない、私という安全地帯がほしい。あの懐かしくて甘痛い気持ちになるような情景から抜け出さないと、渾身の力ですべてに怒ることはできなかった。

視界の靄を突き抜けるように強く踏ん張って立ち上がった。スチール棚に寄りかかり眩暈に堪えていると、徐々に視界が開けてきた。目の前に漫画用の墨汁が雑然と並んでいる。私は口を開いた。

「そもそもなんで私の昔の仕事を知ってるの？『両クス』作者逮捕だけで私のことまで繋がる？」

とっくに知ってた、と尾沢さんは噴き出した。「石田さんのFacebookとかSNSのアカウントを調べようとして、ゼミで石田さんの名前を検索した奴がいて、一年の四月の時点でみんな知ってた。最初はシチューのCMに出てたことだけしか知られてなかったけど。すごいなーと思ってもっと調べてたら、ああいう写真まで行き着いて、私も、最初はよくわかんないけどやばいもの見たって思っていて、あれが児童ポルノなんだって今回の事件ではっきりわかったって感じ。BL研究会や、ゼミの他のみんなはどうかわからないけれど」

「みんな気を遣って黙ってくれていたのに」

「気を遣ってんじゃなくて、見て見ぬ振りしてるだけだよ。なるべく触れないように、ちょっと異質なものを自分から遠ざけて過ごしたいだけ。まぁさすがにみんな子供じゃないから、いじめたりハブったりしてるわけじゃないよ。石田さんは被害者だし」

「私は恵まれてるんだよ。中学受験できていて、テレビのCMだって一度だけだけど出たこともあったし」

「それって親に言われたの？」

「親、だけじゃないけど」と言うと、鼻の付け根のあたりが熱くなり、さらさらした鼻水が垂れてくる。「あのさ、やばいよそれ。人の親のこととやかく言うのもよくないけどさ、石田さん洗脳されてんだよ。最低だと思う」と尾沢さんが腕を組んで言った。

「わかってるけど」

「わかってるならなんで黙ってんの。ねぇ、ちゃんと石田さんは石田さん自身の悲しみと向き合いなよ。覚えてるかわかんないけど、一年の頃、授業でチャウシェスクの映画を観たから私たちはそういう人がいるんだって知ったわけでしょ。石田さんだってちゃんと物語らないとずっとずっとみんなから気を遣われて、裏では児童ポルノのことを囁かれて、一方でそんな環境があること自体をまったく知らない人たちがいる状況で生きてゆくの、つらいと思うけど」

尾沢さんの瞳は大きく丸く深く、カメラのレンズにとてもよく似ていて、しかしその奥では生気がぼこぼこと噴き出していた。私の、置き換えられない私の日々を、絶対に逃すまいと瞳孔をきゅうと縮ませた。

「そんなに嫌なら私が書いてもいい？　絶対に、誰かが言わないといけないことなんだよ」

返事をしない私に痺れを切らして苛立ちを剝き出しにしてそう言った尾沢さんの顔に、スチール棚に置かれた開封済みの漫画用墨汁を手に取り、蓋を開けて中身をかけた。花火のように遅れて声が上がる。わ、っざけんなよ！　と部室棟の廊下まで声が響き渡り、肩を押されて原稿や本が置かれたパイプ椅子にぶつかり、私は大きな音を立てて転んだ。

美砂乃ちゃんといた世界の断片だけは憐れまれたくなかった。目を離せば、あっという間に散り散りになってしまう小さな世界。誰からも覗き込まれたくなかった。そしてどんな美しい言葉であっても物語られたくなかった。怒りと同じで、物語ることができるのもその世界の断片を手放せる者だけだ。家も学校も安らげない場所で、たとえ闇の、歪な構造の中であっても、私は美砂乃ちゃんといる瞬間は私でいられたのだ。だからこれを手放したらもう私には何もなくなってしまって、あんなにかけがえのないきらめきを持っていた美砂乃ちゃんのことも簡単に忘れてしまいそうだった。私があの頃の美砂乃ちゃんを思い出せなくなったら、もうどこにも子供の頃の美砂乃ちゃんを知っている人がいなくなってしまって、誰かに打ち明けたくなっても、語れば語るほど小さな美砂乃ちゃんの輪郭が溶けて流れ出し、顔のないただのかわいそうな子供になってしまう気がした。かわいそうではあるけれど、助けが必要なただの子供だけど、美砂乃ちゃんは美砂乃ちゃんで、その美砂乃ちゃんのおかげで、私はゆきでいられた。

異音に気づいた別のサークルの男子学生が部室のドアを開けると、墨汁を被った尾沢さんが彼を睥睨《へいげい》する。うっお〜……すごい……と間抜けな声が私の顔に落ちてきた。

恵比寿駅東口の五叉路にあるびっくり寿司を正面にして、左に入ってしばらく歩くと、古いビルの看板に、ネットで見たものと同じ名前の司法書士事務所を見つけた。ビルの外装と不釣り合いな、まだ新品の臭いがするエレベーターに乗って事務所に入ると、ロングヘアで写っていたサイトの写真と違い、顎のあたりまで切ったショートヘアで、全体的にまるっとした雰囲気の女性の司法書士本人が受付に座っていた。私に気づくと思い出したように立ち上がり、本日スタッフが熱を出してしまいまして、とこちらが訊く前から釈明しながらパーテーションで仕切られた応接スペースへ私を通した。恵比寿で、狭いビルの一室とオフィス用のパーテーション、背の低い小さなソファとガラス製のローテーブルは、ミラクルロードの事務所やレッスンスタジオを想起させた。小さな事務所がこういったもので構成されているだけで、ミラクルロードがオリジナルなわけではないのに。

いそいそと緑茶を注いだ紙コップをテーブルの上に置いて、「坂尻と申します」と言って女性は手品のように名刺を渡してきた。お母さんよりも少し年下の、四十代後半から五十代くらいに見える坂尻さんは、テーブルに備え付けられていたスタンドからタブレット端末を取り、細長いカラオケマイクのようなスタイラスペンで操作しながら私に向けて「本日は改名のご相談ということなんですが」と前置きもなく話を始める。画面には改名手続きのフローチャートが事前にまとめられている資料が表示された。①家庭裁判所への申し立て　②審理・審判　③結果通知　④市区町村に「名の変更届」を提出・戸籍変更。私と一緒に行うのは主にここです、と坂尻さんはスタイラスペンで①をくるくるとなぞった。それから②の一部ですね、と言って、資料を数ページスクロールして審理についてのページで手を止める。書面を作成して家庭裁判所に提出し、それから審理・審判では裁判所から確認したい内容を記された書面を送られ、それに対して書面で回答する書面照会があり、また場合によっては家庭裁判所に出廷して質問に答える手続きもあります、といきなりいくつも枝分かれする分岐に、坂尻さんは「ここはケースバイケースでいろんなパターンがありますが、裁判所の外では私たちがサポートするものだと思ってくれれば」と、顔を上げて微笑んだ。

事前にあらかたの相談内容をメールフォームから送っていたので、坂尻さんはそれを片手に読みながら私に質問を続けた。既に使っている通称名や、それを立証できるものはありますか？　と訊かれ、私は全身の血が冷たく凝固したように身を強張らせて、それから心臓が固まった全身を打ち破るように強く拍動した。

「あ、あるかもしれないです。昔のガラケーのメールデータが生きていれば、通名というか、本名と違う名でやりとりしたメールが残っているはずです。一人だけなんですけど、大丈夫ですか」

一人か、と坂尻さんはスーツがはち切れそうな太めの腕を組み、眉間に皺を寄せた。

「無理ですか」

「いやいや、不可能ではないんですよ。まぁでも、一人だと通称名での申請はなかなか厳しいかな。ただ、石田さんのようなケースでそこまで心配することもないとは思います。最近は少なくないんですよ。ちょっと昔、キラキラネームって流行ったでしょう。流行ったって、変な言い方ですけれど。そういったことで精神的苦痛を理由にして受理された判例も少なくありません。石田さんの場合、お送りいただいた内容の、過去の芸能活動でいじめを受けたことや、家庭教師のアルバイトに影響があったこと、またこの活動内容は、場合によっては性的虐待とも見做されますから、精神的苦痛を訴えることもできると思いますよ。心療内科への通院歴があればこちらは立証しやすいです。なくても、まぁ、最近は受理されるケースも増えてきましたね」

よどみなく滔々《とうとう》と進む話に、あの、と切り出したのは私だった。「今さらなんですけど、いろいろ資料集めたりなんなりして、実際に改名が来年になったとしたら、あ、私来年就活なんですけど、途中で名前が変わってしまって大丈夫なのでしょうか」と話しながら、私自身何を訊きたいのかわからなくなり、しまいには縮こまるように、意味不明ですみません、と謝った。坂尻さんはソファに背を預けて「いや、わかりますよ」と、奥歯が見えるほど大きく口を開けて笑った。

「家裁に書類を提出してからは長くても二、三週間で結果通知が届きます。それまでの準備期間は石田さん次第ですが、準備もすべてひっくるめて二ヶ月程度で改名する方が多いです。もちろん、却下されればそこからまたこの順を追って、再度申し立てをするのが一般的な方法です――それに、もし来年手続きをするとしても、内定をもらった後に改名を企業に通知すればいいと思います。犯罪歴や反社との繋がりもないのに、改名を理由にわざわざあなたの内定を取り消すメリットが企業にあるとは考えられませんし。もし内定取り消しとなったらまた別の問題ですよ。戦えばいいんです」

聞き慣れない言葉が飛び交うなか、ふと気が緩んで「戦うって」と呆れると、坂尻さんは相変わらずやわらかそうな微笑みを浮かべながら、しかし私の目をじっと見つめて言った。

「ええ、戦うんです。裁判で訴えるんですよ。現実的には、その気概と弁護士費用があれば、になっちゃいますけれど。それでもあなたはその権利を持っているんですから」

最後に費用面ですが、と坂尻さんは最後のスライドを表示した。「まず最初に、着手金として私の場合は三万円を頂戴します。それから無事に役所で改名届が受理されましたら、成功報酬として五万円、合計税別八万円で改名手続きの依頼は承っております。戸籍謄本の取り寄せなどにかかる収入印紙などの諸費用もここに含まれます。改名後の手続きについて、煩雑というか、名前を変えるとなると戸籍はもちろんですけど、免許やら保険証やらなんやかんやとかなりやることが多いんですよ。代行はできませんが、ご不明な点などは無料でアフターフォロー対応しますので」

「八万円ですか」

専用のペン立てにスタイラスペンを立てて、スタンドにがちゃがちゃと押し込んでタブレットを戻しながら、坂尻さんは申し訳なさそうに「石田さん、今学生でいらっしゃいますよね」と言った。「うちは費用を抑えているほうなんですが、それでも学生さんにとってはかなり高額だと思います。もちろん本日は無料の初回相談ですので、遠慮なく他事務所さんと比較してご検討いただければ」

いえそういうわけではなく、と俯きながら首を小さく振った。そのままガラスのローテーブルに反射する自分の顔を覗き込むように頭を下げた。

「お願いします」

二〇一七年　八月

Twitterを開くと、トレンド欄に『両刃のアレックス』の文字が表示される。タップすると原作者が書類送検されてから五ヶ月ほど経ち、略式裁判で罰金二十万円を払ったという続報記事が出ていた。二十万円。私が児童ポルノめいた仕事やCMのギャランティで数年間少しずつ稼いだ総額三十万ちょっとよりも安かった。

ニュースの概要だけ目を通し、コメントやツイートが目に入らないようすばやくタイムラインに戻った。相互フォロワーの多くは『両刃のアレックス』のファンを辞めないものの、話題になっている新作コンテンツのストーリーやキャラクターについての呟きがゆるやかに増えていった。私はアイコンもハンドルネームもそのままで、所在なくトレンドを眺めるか、小さな地震が起こった時に震度を確認するためにログインしていた。

ＤＭ欄に新着通知のマークがつく。開いてみると、知らない男性キャラのアイコンに変わった盛り塩さんからメールのように長いメッセージが届いていた。盛り塩さんからの結婚式への招待だった。夫も別ジャンルでのオタクなので、それぞれの友人を招待して来春に東京でオタ結婚式を計画しており、もし興味があれば自宅に招待状を郵送するので、氏名と住所を教えてほしいとのことだった。ドレスやスーツの他にコスプレ参加ＯＫで予定しており、それであればジーンズや制服でも可能ということだった。

〈お誘いありがとうございます、そしてご結婚おめでとうございます〉

送信済みにはなったが、既読はつかない。スマホをベッドに放って、何日も野菜室に放置して水分が飛んで一回り縮んだキャベツを切り、サラダ油で炒めてソースと和えたものと、冷凍ごはんを温めて食べた。四六時中次の食事のことを考え、食べ終わると我に返って自己嫌悪、水さえ飲むのを恐れながら過ごして爆発するように口に食べ物を詰め込み、また我に返り自己嫌悪、と繰り返していた十代の頃のことなど、もうだいぶ前に見た悪い夢のようだった。お腹が減ったからあるものを探して、あるものを見つけたので何かを作って、作ったから食べて、食べたからなくなって、シンクの中で食器を水に浸してからもう一度スマホを手に取ると、盛り塩さんからの返信通知が表示された。

〈ありがとう！　お名前と住所メモしたので、いつでも送信取り消ししてね。テーブルはあくまでハンドルネームで案内されるんだけど、式場の都合もあって本名と住所をお聞きしました。ちょっと人数把握してからなので招待状は少々おまちください。あぁ、来てくれて本当に嬉しい！〉

〈消しました。私も嬉しいです！　そういえば関西じゃなくて、こっちで行うんですね〉

〈うん。夫の異動に合わせて、来年私も東京に引っ越すことになりました！　東京の地理全然わからないから教えて教えて〜。あ、ニュース見た？　裁判終わったからか『両クス』の続編も無事に再開発表されたね。色々あったけれど、とりあえず私たちができるのは先生を信じて、連載再開を待つことだけだね。楽しみなことといっぱいある！〉

私の頭上でゆらゆらと漂っていた泡が弾けて、その中に限界まで詰めこまれていたものがアップライトピアノをひっくり返したように激しい音を立てて降り注いできた。こう言われて惨めな気分になるほど、私は自分の幸福にも不幸にも鈍感ではなかった。中学生の頃の美砂乃ちゃんの言う通りで、自分だけこの世の闇なるものを全身で背負って生きているわけではなくて、それなら美砂乃ちゃんの方が私の何倍もの辛苦を食べさせられ、吐きそうになって屈んでいるところに闇なるものを次から次へと背負い込まされてきたのだろう。私と美砂乃ちゃんが救われる場所、差し伸べられたい手はそれぞれ違っていて、今さら美砂乃ちゃんと交差することもない。それでも私は公園の遊具のトンネルの中から出てこないまま私を追い出した美砂乃ちゃんの体の薄さを思い出して、そして公園の外で遊んでいた子供たちのことも思い出した。思い出さなくてはならなかった。

〈私は、もう楽しみじゃないです。わざわざアンチにはなりませんが、子供の被害者がいる話です。あなたがこれですっきりしても、誰もがゆっくりとゆるしていっても、私はきっと永遠に忘れません〉と送信し、それからアカウントを削除した。住所が知られていても不思議と不安はなく、しばらくゆったりとその言葉を反芻していた。きっと永遠に忘れません、きっと永遠に忘れません、きっと永遠に。

ルノアールの窓際の席に座っていた坂尻さんが、挽肉をぎゅうぎゅうに詰めたソーセージのような腕を上げて私に手を振った。八月を溶かしきりそうな強い日差しが五叉路に面した多角形型の窓にへばりついている。私は席に着く前に店のクリーム色のロールカーテンをすべて下ろした。何度も今まで気にも留めないまま通過していった情景の中には、私たちのように仕事の打ち合わせをしているような客もいれば、ノートパソコンを広げて何かを打ち込んだりぼんやりしたりしている人もいた。店員がやってきて、お冷やとおしぼりを渡してきた。メニューを広げず、その場でアイスティーを注文した。

七月いっぱいまであった前期のテストが済んでから着手した申立書を提出し、一週間ほどで家庭裁判所から届いた書面照会書類を小さめのテーブルに広げ、坂尻さんが指を指しながら読み上げてゆく。〈最初にあなたは申立て人の名の変更許可を求める申立てをしましたか〉という質問があり、〈申立てをした〉と〈申立てをしていない〉の二択が用意され、さらに〈申立てをした〉を選ぶと〈それはあなたの真意ですか〉という追加の質問文が待ち構えており〈真意である〉と〈真意でない〉の二択が続く。坂尻さんは慣れた様子で、はい、申立てをした、真意である、と私にチェックを入れるように促した。

私はサラサのボールペンを止めて訊いた。「真意ってどういうものですか」

「この申立てはあなた自身が望んでしたものですか、みたいな意味ですかね。本人の意思なく本人が手続きするのを防ぐ質問です」

「そんなことって実際にあるんですか」

「うーん」些末なことに引っかかる私を疎ましく思うそぶりも見せず、坂尻さんはまぶたを閉じて「私は今まで出会ったことないですけど、この質問があるということは、そういうケースがあるかもしれない、と想定しているってことですよね。出会っていないから存在しない、とは言えないというか」とゆっくりと言葉と言葉を結び始める。

「今これから、石田さんはほとんど私の指示の通りにこの書類を書き込んでゆくわけです。この作業自体に私から指図がありますが、石田さんがそれに同意をされている、改名を望まれている上で進めていれば、真意があると言えます。でも、もし石田さんが誰かに命令されたりそういうふうに誘導されて私に依頼し、今この場で私の言う通りに回答をしていたりしたら、そこに石田さんの真意はありません」

店員がやってきて、器用に空いているスペースにコースターを滑り込ませ、アイスティーを置く。薄いグラスの中で氷が揺れて、ベルのように涼しい音が鳴った。小皿に入ったシロップの蓋を開けてグラスの中に中身を落とす。氷を抱きしめるようにゆっくりと沈殿するシロップを、細めのストローでかき混ぜて吸った。シロップの甘さがまずやってきて、その後に冷たさが喉を急速に通り、食道めがけて滑り落ちてゆく。

「大丈夫です、あります、真意」

よかったです、と坂尻さんはまたデフォルトの笑顔に戻り、それから通称名の有無の質問を読み上げる。これは〈使用していない〉にチェックを入れた。実家から持ってきていたガラケーは、リチウムイオン電池が膨らんで電源が入らなくなっていた。いつまでも手元にあっても危険なのでリチウムイオン電池を抜いて、家電量販店の回収ボックスの中に捨てた。電池のないガラケーはおもちゃみたいに軽く小さかった。この小さな、手のひらにすっぽりと収まってしまうほど小さな画面の中で健気に途切れないメールを打ち、夢小説を読み続けるのは、尊さや憤懣だけではない何か別の、あるいはそれらを混ぜた燃料から生成されたエネルギーが要る行為だった。

回答を進めてゆくと〈今回、［ゆき］に名を変更しますと今後［雪那］に戻ることが極めて困難になりますが、今後［雪那］という名を使用する予定はありますか〉という質問に当たる。坂尻さんの注釈を待たず、私は〈使用する予定はない〉にチェックを入れた。坂尻さんは取り立てて何を言うこともなかった。すべてに回答し、封筒を糊付けすると坂尻さんは「うん、あとは郵送して、待つのみですね」と言って、氷がほとんど融けて表面に水の層ができたアイスコーヒーのストローに口をつけた。

店を出ると、いっこうに弱まらない日差しで街が満ちていた。日に晒されてから、私は急いでバッグから日焼け止めを出して塗り直す。坂尻さんはあついあついと呻きながら、表面は淡いベージュで内側が真夜中のように黒い遮光生地になっている日傘を差した。それすごいですねと言うと、坂尻さんは黒い傘の中で「本当にいいですよ、これ。地面からの照り返しも吸収してくれるので、だいぶ外が歩きやすい」とかろやかに笑った。

ポストを開けると、薄い茶封筒と白いはがきサイズの重たい封筒が足元に落ちた。拾い上げると表には東京家庭裁判所と印字されているものと、差出人に「森栞《もりしおり》」と書かれた結婚式への招待状だった。家裁からの茶封筒を毟るように開けると、書面照会が済み、改名の許可を通知する薄い紙が一枚入っていた。

私は坂尻さんに電話をした。すぐに留守電サービスに繋がり、そのまま指示通りに報告を残しておいた。通知書をバッグのクリアファイルにそっと挟み、盛り塩さんからの招待状はもう一度ポストに戻して、内側の黒い日傘を広げてマンションを出た。もう九月も半ば近くで夜になれば虫の鳴き声もするのに、日中は空が季節を忘れてしまったかのように太陽は光の触覚を伸ばしていた。

大学の最寄り駅に向かう電車を待っている間に美砂乃ちゃんのInstagramを開いた。授かり婚の報告以降、しばらく過去の撮影データをアップしていたが、最新の投稿で〈最近はやたらとぽこぽこお腹の中を蹴ってきます。もう娘に反抗期が来ちゃったみたい（抱腹絶倒している顔の絵文字）〉というコメントと共に、お腹の大きくなったブラウンのロングワンピース姿をアップしていた。半袖から伸びる腕は相変わらず華奢だったが、今の美砂乃ちゃんが纏うものは小学生の頃よりやわらかい。それはフィルター加工によるものなのか、実際にそんな春の雲のようなものを常に纏って外を歩いているのか、画面越しではわからなかった。

スマホをポケットにしまおうとすると、電気ショックを受けたようにスマホが痙攣した。画面に〈お母さん〉と表示される。家庭裁判所に書類を送付してからはお母さんに帰宅報告を送らずに過ごしていた。最初の三日ほどは、警察に相談したとか大学に連絡したとか昼夜問わず送ってきたけれど、家の前に警察が来ることもなければ、大学の事務に電話して問い合わせてみても、はぁ、そんな連絡はありませんけど、と男性の声で鼻で笑いながら返された。

〈元気にしてるの。雪那のことが心配です〉

お母さんからの文面は、日に日に弱ってやさしい文体になった。あんなに怯えていたはずが、お母さんのことがかわいそうでたまらなくなり、通知を開くたびにちゃんと返事してしまいたくなる。返してしまったら、きっと今度はお母さんからの返事をいつまでも待ってしまう。それでも何かを打ち込みたくなる指を止めたのは、雪那という名前だった。この文字の書き手は私の本当の名前を知らない。

電車到着のアナウンスに紛れながら、囁くように呟いた。ゆき。次は小さく声を乗せる。ゆき。まろやかな音が鼓膜と喉を震わせて、私は今にも破裂しそうなほどの熱を抱えて立ち尽くした。

美砂乃ちゃんはきっと、こんなふうに呼びかけられたかったのかもしれない。みさ。罪滅ぼしに、私はざわめく世界に声をひそめてそう呼びかけた。出力を間違えた日光がプラットホームまで侵入して、逃げ込む影もなくなるまであまねく照らしていた。ゆき。この他に何も私を指すものはなく、これからこの音でもって私は世界から呼びかけられてゆく。そしてとっくにそう呼びかけられてもいて、私はすべてを捨てて生まれ変わったわけでも生まれ直したわけでもなく、既に私でいたことに気づく。オーディションに受かった時や、事務所を辞めた時と同じだ。両目によって引き裂かれた世界像がひとつに結ばれてゆくようで、しかし、裂けようと結ばれようと、世界はどこまでも地続きで、古くなった表皮が剝がれた、ただそれだけのことだった。でもそれが剝がれるのと剝がれないのとでは、まったく異なって見えた。発車標に表示されている終点の駅名を見上げた。轟音が風を切るように駆け抜ける。ゆき。みさ。なんの意味も込められていないけれど、切実な祈りのように聞こえた。ゆき。みさ。いつかまた出会い直せたら、ちゃんとそう呼び合いたい。君が名付けた私の名前は、私のために鳴る最も短い歌で、私たちの間に走る閃光で、私たちだけの言語だったから。

初出　「文藝」2023年夏季号

児玉雨子（こだま・あめこ）

作詞家、作家。1993年神奈川県生まれ。明治大学大学院文学研究科修士課程修了。アイドル、声優、テレビアニメ主題歌やキャラクターソングを中心に幅広く作詞提供。著書『誰にも奪われたくない／凸撃』。

##NAME##

2023 年 7 月 30 日　初版発行
2023 年 8 月 20 日　２刷発行

著　者　児玉雨子
装　丁　山家由希
装　画　なしのはな
発行者　小野寺優
発行所　株式会社河出書房新社
〒151-0051
東京都渋谷区千駄ヶ谷 2-32-2
電話 03-3404-1201（営業）
03-3404-8611（編集）
https://www.kawade.co.jp/
組　版　KAWADE DTP WORKS
印　刷　株式会社亨有堂印刷所
製　本　小泉製本株式会社

Printed in Japan
ISBN978-4-309-03127-9

誰にも奪われたくない／凸撃

児玉雨子

どうして私たちは、ひとりきりで存在できないの。業界関係者の新年会で知り合った作曲家のレイカとアイドルの真子。二人は倦んだ日々からこぼれる本当の言葉を分け合う。

話題沸騰のデビュー小説